一個人的
捉迷藏

驚悚系輕腐教主 **滅**

陪你玩一場不一樣的捉迷藏

目次

Contents

Scene 1：
生活本來就全靠運氣。

「第九號、十號、十一號？」手裡拿著記事本的女助理問了一聲，小房間裡立刻有三個人同時舉起手。

女助理朝那幾人招招手，把他們從原先的等待室帶進了走廊。在好幾個拐彎之後，眾人終於止步在一扇門前，按指示出示自己的證件讓助理核對身分。

「等等輪到誰的時候，裡面都會有人出來叫號碼，所以你們就坐在這邊等就好……嗯，上一批應該快結束了……」女助理一邊說一邊看著腕上的手錶，隨後漾起親切的笑容。

「那麼，祝各位試鏡順利。」

三個年輕人就這樣看著女助理離去，隨後默默坐進了門旁的三張鐵椅。其中一人拿出手機，用內鏡頭照著自己，很認真地打理那頭根本被髮膠完全固定的髮型；另一個閉起雙眼，嘴中念念有詞，不停做著深呼吸，似乎是在調整情緒。

坐在中間位置的項陽看了看兩旁的人，本來想親切地打聲招呼，但兩人都對他視若無睹，完全沉浸在自己的世界中。碰了釘子的項陽只能悻悻地放棄敦親睦鄰，拿起劇本再次讀起上頭的字句。

只不過，或許是因為緊張，他怎樣都無法靜下心來複習台詞，思緒不由自主地就飄向了他處。

他抬眼看著四周的裝潢，忍不住大嘆J. C.娛樂集團跟他的舊東家相比，真是大土豪對小蝦米。光是他頭頂上那盞吊燈，看起來就比他以前的練習室的造價還高；更別提他剛剛去廁所時，還被裡頭的電動垃圾桶給嚇到了。

想到此處，項陽腦中就浮現J. C.娛樂集團董事長黎靖辰那瀟灑倜儻的身影，差點要流下自慚形穢的眼淚。

到底一個人，要怎麼在二十七歲，就能當上全國最大娛樂集團的老闆？島耕作二十八歲的時候也才剛升主任而已啊。

那麼，項陽自己呢？

正值青春年華的二十一歲少年郎，相貌端正帥氣，能用爽朗的笑容為你帶來一天的好心情。擅長領域為舞蹈及音樂，尤其各種舞風都能駕馭，是即將成為下一位唱跳巨星的潛力才子。

以上，是從前存在宣傳部的檔案夾裡、今後大概也只能繼續塵封的廣告詞。

最初挖掘項陽的經紀公司，因為經營不善，還沒能把他這塊璞玉開發完畢，就先行被演藝圈裡的龍頭企業併購，導致他至今仍然沒能出道。

項陽的演藝人生還很短，在街上跳舞被星探挖掘、進入經紀公司當練習生，也只是這幾年間的事情而已。但在他毅然決然放棄上大學的機會、準備全心成為一個藝人時，卻面臨了這樣的劇變，就是向來樂觀開朗的他，也被這件事重重打擊，好一段時間都沒能調適過來。

好在舊東家沒有視他如棄子，在併購案後仍極力替他爭取出道的機會。J.C.娛樂集團在推薦下重新考核他的履歷，願意將他簽下來當旗下的練習生，再給他一次成為明星的契機。

不過，在併購後的這幾個月裡，項陽卻覺得自己成天無所事事。J.C.娛樂集團尚未替他的星路做新的規劃，也沒有安排工作給他，每天就是進公司做一些基礎的訓練而已，不禁讓他對自己的未來感到更加迷茫。

直到上一週，他突然收到了一份劇本，並要求他去參加一場試鏡。

且不提他的專長是跳舞、其次是唱歌，他對於演戲的理解，就只有以前在舊東家上過的幾堂入門課，除此之外毫無涉獵，他的新老闆到底哪裡來的靈感讓他去演戲？

項陽原本想過，這場明星夢最慘的結局，大概就是去當伴舞團，今後沒有站在主舞位置的一日。

但演戲算是怎樣的發展？讓他去嘗試一個毫不熟悉的領域，是想讓他不成功便成仁嗎？

還好項陽的骨子裡就是有那麼股熱血，既然公司讓他挑戰，那他就盡全力去做吧，反正現在的他似乎也沒什麼好損失的了；想太多不是他的風格，實際行動才是。

於是，這幾天他都在努力鑽研那份劇本。但大概是第一次拿到這樣的東西，項陽看得不是很懂，也覺得狀況有些奇怪。

那是一齣看起來滿普通的職場戀愛偶像劇，角色不多、關係也不複雜，而他要試鏡的則是裡面的「男三」。角色定位上就是個炒熱氣氛用的綠葉，沒有感情線和高深的對手戲，大抵對演技沒有太高要求，只要表現得討喜但又不搶戲就好。

項陽收到的劇本裡有三場戲，試鏡時貌似會隨機挑一場讓他演、另外到了現場還會有即興出題。儘管三個場景的差異很大，這位小小男三的戲倒是都屬於差不多的路線，不太會有情緒很難轉換的問題在。

只是項陽把整本劇本翻爛了，也沒看到哪裡有寫這部戲的名稱，而編劇是誰、導演又是誰，他也通通不曉得。

他嘗試著去問交給他劇本的助理，對方只告訴他，這部戲目前還在前製階段，而且上頭表示要絕對封鎖消息，所以項陽還是少問點為妙，乖乖聽從指示去試鏡就好，其他的事不要管太多。

雖然不知道整個故事的來龍去脈，但就項陽自己的觀點來看，這真的不是一齣大戲，沒有特別引人入勝的劇情，也沒有磅礡的背景設定；至於男女主角又是誰來擔綱演出，製作組會有哪些王牌人才，更是無人知曉。

所以，項陽實在不知道，為什麼這部戲需要保密到這種程度？

項陽就這麼胡思亂想著，也不知道過了多久，突然有個小小身影出現在走廊那端，躲在轉角後看著三個坐在椅子上等候的人。那個小身影站在牆後觀察了一會兒，隨後才鼓起勇氣走到三人面前。

那是名非常可愛的小女孩，看起來不到十歲，一頭烏黑的長髮紮成兩個低馬尾，身上穿著一件牛仔吊帶裙和碎花襯衫，手裡抱著一隻快要跟她一樣高的娃娃。那娃娃長得有點醜，像隻小怪物似的，卻又醜得有點可愛。

看見女孩走到面前，項陽很自然地就開口道：「嗨。」

「嗨……」女孩怯生生地應了句，低下頭的樣子像是不敢與陌生人對視。

項陽抬頭看了看四周，但這附近就只有一扇又一扇緊閉的房門，走廊上也沒見到其他人影，不曉得這女孩是從哪裡冒出來的？而且怎麼會沒有大人看著，就讓她在這麼大的公司裡亂晃？

「小妹妹，妳叫什麼名字啊？怎麼一個人在這裡？」項陽很親切地問，反觀他身旁的兩人，依舊事不關己的樣子，壓根不想搭理這個憑空冒出的孩子。

「我叫湘湘……我把鼻在這裡工作，他說要帶我來看大明星！看漂亮的解接、還有很帥的葛格，就像你們！」

湘湘這一番話，讓在場三人聽得都很舒服，從孩子嘴裡說出來的讚美，就是比大人的奉承好聽多了。剛才那個撥瀏海撥了十幾分鐘的小哥瀟灑一笑，朝湘湘拋了個媚眼。

湘湘看著他的臉好一會兒，然後才驚喜地說道：「哦！我知道你！我在電視上看過你！」

瀏海小哥擺出完美的笑容，「沒錯，我就是——」

「你是《人生海海》的土龍仔對不對！跟你說喔，我阿嬤超喜歡你的！」

湘湘這話一出，瀏海小哥的笑容都歪了，而項陽跟另一個人則是差點爆笑出來。

「才不是！我可是當紅的新生代花美男偶像歌手，Kenny Wu！不是那什麼土龍仔！」

項陽在一旁聽了差點二度噴笑。先不提那一串冗長的稱謂有多莫名，他真心不理解怎麼有人能夠自稱「花美男」？

身為帥哥和自稱帥哥，這是兩種完全不同的概念啊。

而且，經湘湘這麼一說，這位肯尼男孩，真的和現在正熱播的鄉土劇《人生海海》裡，一個名叫土龍仔的小痞子長得很像。

看到肯尼男孩這麼暴怒地自我介紹，湘湘又盯著他的臉良久，最後長吟了一聲。

「沒聽過。」

很顯然地，當紅的新生代花美男偶像歌手，狩獵範圍不包含小蘿莉。

項陽在旁邊已經憋笑到快岔氣了，而他右手邊那位戴眼鏡的兄弟，也是忍笑忍得渾身都在抖。

湘湘看來是絲毫沒感受到肯尼那充滿殺意的視線，還回過頭來問另外兩人道：「你們也是當紅的新生……呃……花男？偶像歌手？」

「不是哦，我還只是練習生。」項陽忍著笑，很艱困地回應道。那位眼鏡小哥則是淡淡地看了女孩一眼，沒打算回答對方的問題，又開始閉目養神起來。

眼見在場只有項陽一個人願意跟她說話，湘湘也只能對他道：「把鼻很忙都不理我，我就自己跑出來玩，結果不小心迷路了……葛格可以帶我回去找把鼻嗎？」

「這……」項陽聞言便面有難色起來。他自己對這棟大樓的配置也不清楚，平時只會出入宿舍跟訓練中心，電視台大樓才來過幾次，就是連總共幾層樓都不是很肯定，遑論要給人帶路。

況且，助人為快樂之本沒錯，但他現在可是正在試鏡中，總不能放著上頭派下來的任務不管，跑去跟個走失孩子玩爸爸去哪兒的活動啊！

但性格急公好義的他，終究無法像旁邊兩個人一樣坐視一個迷路的孩子，所以努力想出了一個折衷的辦法。

「湘湘，我們現在有工作要忙，沒辦法幫妳找爸爸。不過我可以幫妳找其他有空的人，讓他帶妳回去，好嗎？」

「好哇！」湘湘歡快地答應，這就一手抱著她的醜娃娃，一手拉著項陽要走。

這時，那位眼鏡小哥突然出聲：「你不會忘了，你是來casting的吧？」

沒想到會被競爭對手如此提醒，方才還覺得對方有點冷漠的項陽，內心瞬間感到有點溫馨，這就笑笑地應道：「我很快就會回來啦！」

聞言，眼鏡小哥無所謂地一聳肩。倒是旁邊的肯尼男孩笑得很猙獰，一副在心底用力祈禱項陽會一去不復返、讓他晉級的機會又多一些的模樣。

項陽打算把孩子帶回他先前待的等待室，那裡應該會有人有空閒處理這件事，或至少幫他打電話通知警衛來幫忙之類的。湘湘顯然對於陌生人毫無防備，項陽說要帶她走，她還真的聽話應允。一大一小就這樣走在空蕩蕩的迴廊上，聽到的就只有他們的腳步聲，還有湘湘哼著小曲調的軟軟童音。

雖然孩子們都是可愛的，但項陽總覺得湘湘的氣質特別不同，而且長相實在太漂亮了，簡直是可以當童星的等級……

嗯？好像真的在電視上看過這張臉啊？

項陽正在心裡嘀咕著，湘湘卻驀地止步，斷了他的思緒。他低頭要問女孩怎麼了，對方卻放開他的手，拔步衝進轉角處的小房間裡。

「哎，等等！」項陽被女孩突如其來的舉動嚇了一跳，趕緊追上前去，隨後就見抱著娃娃的湘湘，在自動販賣機前蹦蹦跳跳，還興奮地拍打著櫥窗。

那裡看起來是一間休息室，房裡簡單擺放著一套桌椅，旁邊的流理台上有咖啡機、烤箱、微波爐等等器具。另一頭，三台販賣機沿著牆壁而放，一台賣報紙、一台賣飲料、還有一台賣零嘴。

湘湘就站在那台零嘴販賣機前，激動地指著其中一包洋芋片道：「這個好吃！我想吃！」

「欸？可是……」項陽還想勸說，找爸爸遠比吃餅乾重要多了，但女孩已經皺起臉，隨後尖聲大叫起來。

「我要吃！現在就要吃！快點！」湘湘用她的娃娃砸了項陽好幾下，一邊大叫一邊用手指著機器裡的包裝袋，神態兇惡得像是下一秒就要衝上來咬人，早已不見原先那水靈純真的氣質。

項陽當然不是那種會吼孩子的人——況且這又不是他生的，根本沒個立場管教——所以也只能無奈地嘆了口氣，翻出錢包開始掏零錢。

要知道，小孩子乖乖聽話的時候，那可是跟天使一樣可愛，但只要一耍起賴，比惡魔還可怕，不盡快安撫下來，只會讓場面更兇殘而已。

他在心裡暗罵自己真是同情心氾濫，才會弄出這麼個麻煩事來，沒料到今天幸運之神真跟他無緣，錢包裡居然只翻出一個五塊銅板；但自動販賣機又不吃鈔票。

這下可好……項陽的內心有萬馬奔騰而過，但他還是裝出很鎮定的表情，準備轉身和女孩做一次理性的溝通，告訴她人生總有不如意的事、洋芋片總有吃不到的時候——

「湘湘？」項陽定眼一看，哪裡還有女孩的蹤影？整個休息室裡就只有他一個人而已。他愣了幾秒，這才趕忙衝進走廊，但來回看了好幾遍，依然沒瞧見湘湘的身影。

「這小鬼也太會跑了吧……湘湘！湘湘！妳在哪兒啊！」項陽完全沒料到自己能把一個孩子給搞丟了，這就慌亂地在左拐右彎的走廊裡呼喊著。

但不僅沒有半點女孩的回應聲，就是連其他出來查看的人也沒有，好像整層樓只剩下項陽一個人。

最後，項陽又回到了原先等候試鏡的地方。位子上只剩眼鏡小哥一人，不見肯尼男孩的蹤影。眼鏡小哥看項陽氣喘吁吁地跑回來，這便投以疑惑的眼神。項陽開口問他有沒有看見女孩繞回來，他也只是一臉莫名其妙地搖搖頭。

這時，小房間的門猛地打開，看起來心情很差的男助理衝著項陽就吼：「十號？換你了！快進來！」

「欸？可是那個……我……」項陽還沒說完，對方已經把門甩上，絲毫沒給他說話的機會。試鏡茲事體大，項陽當然也只能先把湘湘的事放一邊去，就這樣抱著惴惴不安的心情進了房間。

下一秒出現在他眼前的，是一間不到兩坪的簡陋空間，裡面放了一副鐵桌椅，桌上就一疊薄薄的紙，半個人也沒有。

項陽一頭霧水地坐進了位置中，眼神忍不住就飄向桌上的那疊紙。就見最上層那張白紙的正中央寫著一行字：**一個人的捉迷藏**。

接著，當他翻開封面時，立刻知道了那是什麼。

「劇本……？」項陽愣愣地看著上面寫的東西，下意識地閱讀了起來。

S5-2

景：廢棄小屋

時：夜

人：張書暐、林筱彤、高業樺、鬼影

△張書緯與林筱彤在廢棄小屋中，張書暐正在閱讀殘破的日誌。

△高業樺走出小屋抽菸。

張書暐：這些筆記非常有用，我想我們應該回頭再多拿一些——

△林筱彤憤怒地推了張書暐一把，打斷他的話。

林筱彤：你瘋了嗎？我們費了多大的勁才好不容易逃出來？現在就為了滿足你的好奇心再回去一次？我才不幹！誰知道那裡還有多少鬼東西想害死我們！

張書暐：但我覺得我們就快挖掘到真相了！所有的謎題、還有幕後黑手……妳難道不想弄清楚這一切嗎？

林筱彤：就因為我們太接近真相，才會發生越來越多壞事的啊！對！我是想知道這究竟是怎麼一回事，但我更想活命！

△林筱彤起身收拾，負氣離開，被張書暐拉住。

張書暐：筱彤，慢著！妳要去哪？現在大半夜的，外頭很危險！

林筱彤：這裡最危險就的是你！我最初根本就不該答應和你一起來的！我要回去！現在就要！

△林筱彤掙脫張書暐，走向大門。

△屋外突然傳來淒厲的尖叫聲。

高業樺：不……不要過來！啊！放過我！我什麼都不知道！啊——！

張書暐：阿樺！怎麼了！發生什麼事了！

△張書暐衝上前開門，但門卻完全推不開，像是有股巨力阻擋在外。張書暐用力拍門，嘶吼友人的名字，林筱彤被嚇哭，退後時瞥見髒汙的窗戶。

△窗戶上出現血手印，鬼影閃過，林筱彤尖叫。

張書暐：阿樺！

△張書暐嘗試了幾秒，但門板依舊推不開。林筱彤突然伸手拉住他，把他拖離門邊。兩人同時看著門縫。

林筱彤：那個……那個是……

張書暐：噢我的天啊……

△門縫下漸漸淹入一大灘血跡，原本打不開的門緩緩打開……

「呃啊啊啊啊——！」

「我靠！」項陽大罵一聲，門外猛然爆出慘叫，嚇得他差點把手上的劇本扔出去。

儘管不想承認，但項陽也知道自己的膽子真的有點小，舉凡鬼片、鬼屋、鬼故事類的東西都會讓他腳軟。有時候就是沒有鬼怪的心理驚悚片，也能把他嚇個半死。親友們都表示，這是他想像力過旺的副作用，一個小黑影他也能聯想成大妖怪。

就像現在，他光是看那短短幾行台詞，就已經弄得自己寒毛直豎了。

正當項陽還沒搞清楚眼前到底是怎麼回事時，門外二度傳來非常淒厲的喊聲。

「不……不要過來！啊！放過我！我什麼都不知道！啊——！」

最後那聲尖叫聽起來淒厲無比，弄得項陽雞皮疙瘩掉滿地，隔了幾秒才意識到那嗓音有點熟。

那不就是還在外頭等候的眼鏡小哥嗎？

項陽戰戰兢兢地起身，不曉得要不要開門查看，正在猶豫間，房門卻自己劇烈晃動起來，像是有人正在猛拍門板。

「救命！救命啊！」

門外的人不停傳來哀嚎，死命地撞門要引起房裡的人的注意。項陽這會兒被嚇得臉色慘白，但還是鼓起勇氣上前要開門救人。

然而，那扇門卻怎樣也拉不開，彷彿有人正抓著門把在和他較勁。項陽使盡渾身的力氣，卻只能把門拉開一點縫隙。

於此同時，他從門縫裡看見一隻血紅的眼睛正狠狠地瞪著他。

「哇！」項陽被嚇得手一軟，門又被那股外力闔上。這回他也不管外面的慘叫、以及讓人不想知道詳情的恐怖砍聲，轉身就往房間的另一扇門跑去，打算從另一頭開溜。但沒想到一開門，出現在他眼前的畫面卻更加驚悚——

一具像被浸泡過紅色墨水的身軀，四肢扭曲地癱倒在門後的小隔間裡，臉上那一雙眼睛瞠得像銅鈴一樣大，彷彿臨死那刻正經歷著極大的恐懼。

在項陽打開門的同時，屍體的重心偏移，就這麼從門後摔出來，沾了血的手正好拍在他腳邊，留下一個怵目驚心的血手印。

那具屍體，正是排在項陽前一個號碼的Kenny Wu。

「怎……怎麼會這樣……」項陽抖著雙腿慢慢後退，忍不住摀起嘴好抑止那不停翻湧而上的噁心。不只是那麼大量的血讓他感到頭暈目眩，似乎就是連空氣裡也瀰漫著一股濃郁的鐵銹味，簡直快把他嗆暈。

被這接二連三的恐怖景象嚇得失神，項陽慢了半拍才意識到慘叫聲已經停下。他轉身看著自己進來的那扇門，只見殷紅又黏稠的液體緩緩從門縫下擠入房間，淹出一大灘血漬。

然後，喇叭鎖自己轉了幾下，門板一點一點地自動退開……

走廊的景象逐漸映入項陽的眼簾。原本就冷清無比的長廊，如今看起來更加陰森，一排排燈具不停閃爍，發出「滋滋滋」的詭異聲響，在地板上投射出晃動不已的影子。

門板上遍佈著掙扎時留下的血掌印、抓痕，看起來怵目驚心，項陽卻沒見到第二具屍體，而是看見盤據了數片地磚的血泊，還有蜿蜒不見盡頭的拖曳痕跡。

項陽這時已經驚駭到腦袋空白，在原地愣了近半分鐘沒辦法做出任何反應，直到聽見一串若有似無的笑聲，這才將思緒拉回來。

他鼓起勇氣踏出房門，在路口琢磨了幾秒，決定朝拖曳痕跡的反方向走去。他原本想大聲呼救，可是腦海裡馬上浮現那隻血紅的眼睛，趕緊忍住大叫的衝動，生怕自己如果沒把救星引來，卻反而讓那個殺人的怪物追回來，那就完蛋了。

「呼，沒事的……這一點也不嚇人……不嚇人……都是假的……」項陽不停催眠自己這其實是一場惡作劇，他是被電視台裡的某個整人節目給看上了，騙來這邊說要試鏡，實際上卻是想——

項陽的自我安慰才做不到幾秒就被打斷。他聽見身後傳來一陣怒號，轉頭一看，竟是一個手裡拿著把開山刀的壯漢。他本能地拔腿就跑，邊衝邊慘叫。

「哇！救命啊！」

「呃啊啊啊啊啊！」

就見那壯漢頭上戴著一頂防毒面具，渾身上下都是血和污漬，一手狂揮刀、另一手拖著一個圓形的東西，看起來黑黑髒髒的，也不曉得是什麼。

項陽很肯定，以自己現在的速度去測百米，絕對能突破他的個人最佳成績；這跟小時候有一回被野狗狂追的經歷很像，也是一種「如果停下來就絕對會死」的感覺。

豈料那壯漢追人就罷了，竟奮力把手上的東西當鉛球般甩出去。那個帶有份量的球狀物準確敲中項陽的後腦，害他當場重心不穩，華麗地向前撲倒。

他轉頭去看究竟是什麼東西打到自己，結果這一看，嚇得他差點要吐了。

在他身旁滾動的，正是一顆還掛著眼鏡的腦袋。

「哇啊啊啊！」項陽慘叫不止，連滾帶爬地繼續朝前逃命。方才那麼一摔，開山刀大漢已經快要追到，沉重的腳步每落下一次，項陽的心臟就亂跳一回，再這麼下去，他真怕自己會被活活嚇死。

正當項陽早已跑得暈頭轉向時，前方不遠處的一扇門驀地開了。就見一隻小小的手從裡面伸出來，對他招了幾下。

「葛格，葛格！這邊！」

「湘湘？」項陽聽出那聲音十分耳熟，似乎正是先前自己跑個沒影的女孩。但他沒看見對方的面貌，而那隻小手也只是從門後探出來幾秒，隨即又縮了回去。

此刻不容他多想，項陽像是抓到了救命的稻草，用盡最後一絲力氣衝進那個房間，趕緊把門甩上、上鎖、拿椅子擋住，動作一氣呵成到連自己都有點訝異。

項陽花了一點時間才讓紊亂的呼吸恢復正常，同時意識到，怎麼沒有看見女孩的蹤影？他觀察著此刻身處的地方，又是一個休息室，只是更為簡陋，只有桌椅和簡單的泡茶用具。這麼小的空間裡，居然沒看見女孩，這讓他好不容易平復的情緒又開始緊張起來。

「不要嚇自己，絕對不要嚇自己……」項陽不停默念著，伸手一抹臉卻忍不住大罵：「靠！項陽！你還有沒有出息！哭什麼哭！」

項陽把自己臭罵一頓，膽子也跟著壯了點，然後冷靜地告訴自己：一個孩子好端端的不會憑空消失，肯定只是躲在哪裡不肯出來而已。

於是，項陽做了一件日後自己想起來，也覺得又蠢又沒道理的舉動：他開始去打開房間裡每個櫥櫃的門。

「湘湘？湘湘？妳在哪兒啊？」項陽就這樣一個個把櫥櫃打開，想找出女孩。他甚至連高掛在牆上的壁櫥都去開，似乎一時沒想到以女孩的身高，根本不可能爬得上去。

驀地，房間的燈全暗了。

項陽像驚弓之鳥般大叫一聲，接著才貼著牆慢慢摸索，用他那抖到不行的手去按牆上的開關。理所當然地，不管他切換多少次，房間的燈就是不亮。

就在他思考著是不是要打開門另覓藏身地點時，緊急照明燈慢了好幾拍地亮起。慘白的光線把整個空間映照得十分聳人，所有投射在牆面上的影子都被拉得長長的，頓時令項陽有股自己被許多人環視著的錯覺。

他看見角落裡站著一個小小的人影。

「葛格，不是說好，要幫我找把鼻的嗎？」

女孩一轉身，可愛的容貌早已不見，而是一張被刀劃開的臉，那刀傷深得見骨，甚至在女孩說話時，還能見到鮮紅的肌肉在抽動。

項陽終於被嚇到理智斷線，連叫聲也發不出來，就只是愣愣地看著女孩逐漸接近自己。她手裡拿的那個長相醜陋的布偶也沾滿血汙，在她移動的同時不住滴血，弄得地板狼藉一片。

「不是、說好、要、幫我、找、把鼻嗎！」

女孩淒厲的尖叫聲簡直要劃破項陽的耳膜，嚇得他雙腿一軟，直接跪坐在地。

「對……對不起……我一定……我一定會幫妳找到妳把鼻……拜託……拜託妳……放過我……」項陽抖著嗓子說道，女孩依舊不斷逼近，甚至把身上的血都滴到他的褲管上。

「求求……求求妳了！我什麼都願意做！求妳放我一條生路！」項陽不顧形象地哭嚎起來，流下滿是屈辱與恐懼的男兒淚。

「哦？什麼都願意做嗎？那麼……」女孩用那張破碎的臉擠出一個獰笑，正想開口說出要脅時，卻突然停了下來，臉上的表情瞬間變得很純真可愛。

「咦？紀導，你確定嗎？呵，對啊，好可憐哦……好！那我跟他說囉！」

項陽怔怔地看著態度劇變的女孩，腦袋已經亂成一團，完全沒搞懂眼前的狀況到底是怎麼一回事。

最後，房間的燈又亮了，一切似乎也恢復正常。

女孩笑得一臉燦爛，摘下藏在耳朵裡的通訊器，隨後用歡快的語氣對項陽道：「恭喜你，你是我們的男主角了！」

項陽半晌後才擠出一聲回應。

「啥？」

Scene 2：我打算給他一個無法拒絕的提議。

「聽聞紀導演最近正在籌備一部新的電影，能透露一些相關訊息嗎？」

「抱歉，今天記者會的主題是《搜查線情緣》，請提出相關問題就好……」

J. C.娛樂集團旗下的電視台，目前正準備上檔一齣新的連續劇。為了造勢，演員與製作團隊特地在播映前召開記者會，想藉此做好宣傳。

但在這群人之中，最引起媒體注目的並不是男女主角、也不是導演編劇、甚至製作人，而是掛名「監製」一職的紀子丞。

年僅二十五歲，紀子丞就已經是業界中非常有名的劇作家。他的作品不算多，可每一部都是獲獎無數的經典，而且風格迴異，被稱作「鬼才」當之無愧。他的出身其實是舞台劇演員，出道時還不到十歲，也算是童星一個，就算近年來已經淡出舞台改走幕後，在演藝圈裡早有一定的資歷在。

然而，紀子丞出名的不只才華，還有他的「個性」。和他合作過的人，大多對他的能力給予很高的讚譽，行事作風卻都不敢恭維。像他這樣既聰明又渾身充滿藝術細胞的人，性格上就是讓人捉摸不定，而且又常有標新立異的點子，與他共事，有很高的機率被他弄得痛不欲生。

正因為他如此特異的性格，加上對自己的作品也有諸多堅持，拍攝時常一肩扛下導演一職——反正那些試圖跟他合作的導演，到最後都會被氣到翻臉——所以，如今他早已不是單純的編劇身分，影視圈的人都改口直呼他為「紀導演」。

這部《搜查線情緣》的劇本並不是由他主筆，但基於行銷策略上的需求，公司便將紀子丞的名字也掛上製作名單中，意圖提高買氣。他這身分充其量也只是偶爾到攝影棚晃晃，假裝和編導討論幾句話罷了，實際上根本就沒參與到多少工作。

但就因為打出了他的名號，導致今天的記者會上，媒體們都對主角《搜查線情緣》興致缺缺，想盡辦法要把焦點轉到坐在最尾端當擺設的紀子丞身上。一時間搞不清楚今天到底是新劇發表會，還是紀子丞的個人訪談？

公關嘴上很和氣地請發問的記者不要跑題，內心早問候對方祖宗好幾十遍，而且她還看得出來，這些人沒有善罷甘休的意思，等等隨便拋幾個問題應付完劇組後，肯定又會轉回紀子丞這邊。

再看到《搜查線情緣》的諸位編導與演員這邊，大家臉上無不是尷尬或無奈的神情，好像也認清了光是紀子丞一個人的份量，就足以抵過他們整個團隊。

被交代儘量不要開口的紀子丞這時也看出，這場記者會的氛圍已經完全走調，索性就開口回答：「是的，目前在籌備一部新片，很快就要進入拍攝階段了。」

所有記者看見紀子丞開了金口，紛紛露出貪狼般的眼神，把老早準備好的問題通通扔出來。

「那可以透露一下這次的電影，會是怎樣的題材嗎？」

「沒試過的題材。」

眾記者把差點衝出口的「靠」隱忍下來。紀子丞這樣的回答也太模稜兩可了，要說他嘗試過的題材是挺多的沒錯，但沒試過的也還不少啊！這是要讓他們回去玩猜猜樂嗎？

「聽說這回找了素人來演男主角？非常大的挑戰啊！」

「不是素人，是J.C.旗下還沒出道的練習生，還是有些差別。」原本面無表情的紀子丞說完便勾起笑，神情似乎帶點輕蔑。

「況且，這不是廢話嗎？沒有挑戰性的事，我何必要做？」

眾記者又是一股極想罵人的衝動。隱忍，吞下。

「請問紀導，這次怎麼不找您的御用男主角陸堯來擔綱演出呢？」

這問題一出，其他記者全數瞪向發問的傢伙，在心裡一邊讚賞一邊罵娘。大家不是不想問這問題，但凡事總有個先後順序，一下子就直搗黃龍實在太莽撞了。

然後，所有人又虎視眈眈地看向紀子丞。

「因為我看膩他的臉了。」

果然！眾人雙眼放光，擱在筆電鍵盤上的手指都飆到了最高速限，把這段問答加油添醋地寫進稿子裡。

陸堯，擁有三座金馬獎最佳男主角的大影帝，雖然都是因為演出紀子丞的電影才獲獎，但外頭盛傳這兩個人十分不對盤。一個是我行我素的戲劇天王，一個是脾氣古怪的劇作家，這種帶點瑜亮情節的關係產生時，自然會激起火花；而且，是很有攻擊性的那種。

據說兩人在拍片期間，常為了角色與劇情而起紛爭，儘管最後呈現出來的作品很精彩，但周遭的人都對他們這種隨時可能拆台的合作關係感到胃痛。

當導演有極強的控制慾，演員卻又很有主見時，片場的氣氛就會常常奔向爆炸邊緣。

「還有，他不是我的『御用』演員；並不是非要他來演出，我的戲才會精采。」

不合！極為明顯的不合！關係非常緊張！

記者們繼續狂敲鍵盤，想著要下怎樣的標題來形容這兩人，才能比其他家媒體更驚世駭俗。

「紀導的電影只剩下最佳新人獎還沒領過，所以這次其實是衝著大滿貫，才故意不找影帝『加持』的吧？」這回發話的人，居然是旁邊《搜查線情緣》的男主角。大概是看著本該屬於自己主場的記者會，儼然成了紀子丞的個人秀，忍不住就插入了對話，語氣滿滿的挖苦。

但紀子丞的表情看起來一派輕鬆，不知道是無心、還是故意，竟是直接應道：「有些戲，確實需要別人的光環來加分，但我的不用。」

紀子丞此話一出，《搜查線情緣》的導演和編劇的臉都抽筋了，男主角更是差點要掀桌子走人。

大家說起來都算是一家子的人，何必這樣相互打臉呢？

把人家打得臉腫腫的紀子丞，一副事不關己的樣子，看記者問話的節奏斷了，這就很乾脆地起身道：「沒什麼事的話，我先走了，你們繼續。」

「欸？」所有人怔怔地看著這位擅自離席的「監製」，而記者會的公關已經蹲在講台後面吞普拿疼了。

「靈感來了，回去打稿。」

¤

J.C.娛樂集團的藝人，多半都住在公司的宿舍裡，除非是已有家室，或選擇在外置產，不然就是連一些資深的、大牌的明星，也會選擇住在宿舍中。因為宿舍距離工作地點近，環境也不錯，還有嚴格的隱私管理，會比一個人住在外面安全愜意許多。

當然，以紀子丞這樣的身分地位，是不需要和別人共住的，有他自己的獨立套房可以使用，毋須擔心有人來打擾——

「子丞，我說你也太過分了吧？什麼叫『看膩我的臉了』？」

住在紀子丞正對戶、那位傳說中與紀大導演針鋒相對的陸影帝，一下了班不是回自己的套房，卻是擅闖鄰居家門，而且還能輸入密碼打開電子鎖、直接進到房裡，舉止自然得像是這裡才是他的地盤。

「我不是換密碼了嗎？」正在潤稿的紀子丞一臉錯愕，看著踏進房間的陸堯，本來想到一句還不錯的台詞，結果就這樣被驚嚇給踢出腦海。

「你換了，但後來又告訴我了啊，你忘了？」陸堯的語調誠懇，就連眼神也無比真摯，讓紀子丞真的開始懷疑是自己主動把密碼告訴對方的。

「小丞，別聽這死小子胡說，他是從我平板裡的備忘錄看到的！」跟在陸堯身後的女人怒罵道，順手就往堂堂影帝的後腦一搧，把對方打得哇哇大叫，順便把他那副精心演繹的真誠表情打掉。

全天下敢做這種事的人，當然只有他們的經紀人，蔡晨梓。這位大姊手下管理的全是J.C.裡最火紅的明星，是公司裡的王牌經紀人。大家都說只要被她帶過，那星途肯定就是大紅大紫。

但對蔡晨梓來說，不管是超級偶像或超級名模、大影帝或大導演，在她眼裡就只是一群沒人管教就到處撒野的死小孩罷了。

「吃飯了，快去收拾桌子。」蔡晨梓就這麼理所當然地使喚著大影帝和大導演，隨後還轉頭對紀子丞罵道：「小丞，我等會兒要跟你算帳！你今天在人家記者會上搞的是哪齣啊？這已經是這個月『第四個』公關小妹跑來靠夭我家藝人太難搞了！你是想讓我禁足你，讓你以後都不准出席記者會嗎！」

「我只是——」

「不，我不要聽你解釋，你們這些編劇最會掰故事，我是不會被你的說詞說服的！準備等等讓我好好教訓吧！」

「放心，晨姊吃飽飯就會忘記這回事了。」陸堯在紀子丞耳邊低笑道，接著話鋒一轉，晃著手機螢幕抱怨：「這些記者到底什麼時候才能清醒？我跟子丞明明就這麼要好！為什麼總要說我們兩個不合呢？」

陸堯的手機螢幕上正顯示著今晚的娛樂新聞，頭條不意外地又是在說他和紀子丞種種交惡的事跡。那篇報導不僅有九成內容是子虛烏有，還把理應是主角的《搜查線情緣》用幾行字帶過，讓讀者們根本就不會意識到採訪的主題早就歪掉了。

「稀哩呼嚕稀哩呼嚕……」蔡晨梓滿嘴食物地搶著回答。她原本是來給紀子丞送晚餐，避免大劇作家又寫稿寫到廢寢忘食，但她此時已經坐在餐桌前大快朵頤，倒是吃得比被接濟的對象還認真。

「聽不懂。」紀子丞無奈地抽了一張衛生紙，把到處亂噴的湯汁擦乾淨。

「我是說！」蔡晨梓吞下嘴裡那一大口麵，抹抹嘴續道：「寫你倆感情好有什麼好看的？當然是負面新聞才能激起注目啊！要不然，你們就得是『共乘一車，然後不小心開進Motel裡一小時』的那種要好！這樣會更有看頭！」

「晨姊妳……好重口哦……」一旁的陸堯露出可以解釋為「憐憫」的神情。

但紀子丞卻是在一旁道：「當紅影星與知名導演的禁斷戀情嗎……這題材不錯，還沒挑戰過同性愛主題的劇本，改天來寫寫看。」

「糟糕，我聽不出來你是在開玩笑還是認真的。」陸堯神色凝重地搭上好友的肩膀。「那到時候還找我主演嗎？」

「反正你也沒演過這類型的角色，正好能自我突破。」紀子丞一臉認真。

「開發新戲路好啊！順便開拓新的市場！說不定你能多一大票gay粉哦！」蔡晨梓給予正面肯定。

「哇，我覺得我已經被你們說服了欸！等劇本出來，絕對要找我演啊！」陸堯配合似地說道，隨後又把話題拉回他一進門時說的事情上。

「子丞，你這次的電影不找我演，真的是看膩我了？」

「嗯，好膩。」

「回答得太乾脆了吧！我真的要像那些報導裡頭說的，跟你關係緊張了啊！」

紀子丞沒立刻安撫生氣的影帝，而是慢條斯理地吃著面前的海鮮麵，吃到一個段落後才淡淡地回道：「抱歉，我需要一些新的刺激才能有更多靈感，我實在太熟悉你了。況且，找你來演、和找一個從未見光的新人來演，觀眾對電影的情緒會不同。」

「你是說，期待的方向不一樣？」

「那也是原因之一。但更重要的是，你演技太好了。」

陸堯聽到紀子丞這番結論，忍不住大笑。

「我因為演技太好，所以被踢出人選？這到底是好事還壞事？」

紀子丞思索了會兒要怎麼措辭，半晌後才解釋道：「當觀眾看到你的演出時，心裡想的會是『他演的真棒！太精彩了！真好看！』。但我這次的主角，我希望是能給觀眾另一種共鳴，另一種……帶入感。我想讓觀眾一邊看、一邊把自己帶入那個角色，所以帶點青澀的感覺會更好，也比較沒有距離感。」

說到此處，紀子丞轉而對陸堯提醒道：「我的戲不是非你來演才會精采，同樣的，也不是只有我的劇本，才能展現出你的演技。我的作品已經成了你的舒適圈了，沒辦法提升你的技巧，所以少演一點我的戲，反而對你比較有幫助。」

「不愧是受過舞台劇洗禮的人啊，對演技的見解就是這麼嚴苛呢。」陸堯哂然，心裡確實也認同紀子丞的觀點。但他沒反駁的是，就算他亂演一通，線上可沒多少導演能像他這樣，敢去批評有三座金馬獎的影帝。關於換個團隊就能進步這點，倒還有待商榷。

「這麼說來，這次被你物色上的新人，能達到你的要求囉？」

「試了才知道。」

「說起這個，小丞真的太誇張了！」已經吃完麵、正在嗑甜點的蔡晨梓忍不住發難。

「你知道這瘋子幹了什麼事嗎？好好一個試鏡，弄得跟整人企劃似的，去參加的幾個小新人都被嚇壞了！有一個還不惜賠上違約金也要跟公司解約，因為他堅信J. C.電視台裡有德州電鋸殺人狂！」

陸堯聽完經紀人仔細解釋當天的情形後，在桌子旁笑到差點喘不過氣來，實在佩服他這位人來瘋的好友，總能想出一些莫名其妙的鬼點子折騰人。

「害我試鏡完當天還被Boss找去喝茶！想問我為什麼會有『惡整新人』的傳言冒出來！」

蔡晨梓說到激動之處還用力拍桌，末了一抹額上的汗。「結果，現在那個小新人也歸我管了，真是……好像嫌我手下的小混蛋還不夠多似的！我應該要求加薪才對！」

「哦？這麼說來，我們有新的師弟啦？」陸堯用滿懷期待的眼神看著蔡晨梓，後者也只能拿出平板，把那個新人的資料叫出來給對方看。

陸堯才看了一眼照片，馬上就道：「最近新學了一個詞，叫什麼來著……對，『小鮮肉』！這項陽看來是個小鮮肉呀！還是主攻跳舞和唱歌？你還真找了個在演戲方面完全空白的新人。」

「空白好，正好能讓我從頭調教起，不會有什麼亂七八糟的壞習慣。」

紀子丞這麼一說，陸堯立刻想起了兩人第一次合作的情景。這位大導演竟然當著所有人的面斥責他的演技太油條，一點也不自然，還痛罵是誰教他這麼糟糕的表演方式，害他差點自毀多年來苦心經營的完美形象，衝上去揍人一頓。

但儘管合作的開端充滿摩擦，陣痛期過後，陸堯自己都不得不承認，紀子丞教會他非常多東西，也讓他的演技進步神速，最後成了史上最年輕的影帝。

不過，陸堯在這些年來的合作裡體認到一件趣事。紀子丞寫的角色其實並不難演，但他的作品有股奇異的氛圍，會讓人演到最後竟是覺得難以抽離。

演他的戲是一件很過癮的事，但每演一次就需要好好休息一番，才能讓自己回到「演員」的身分，而不是那個「角色」。

這實在讓人很擔心這位新人，到時會不會被紀子丞給整得死去活來？

「我明天要去交接那小朋友的工作，你這大導演最好給我一起來！人家到現在都還在狀況外呢！到時好好給人家解釋清楚，知道嗎！」蔡晨梓用不容置喙的口吻說道，讓本來打算窩在家裡打稿一整天的紀子丞也不敢拒絕，更不敢說自己本來是打算開拍之後再去會見他的男主角。

這時，麵都快吃完的紀子丞才意識到，有個同樣坐在餐桌邊的傢伙，從頭到尾卻是沒動過他面前的食物，就只是在旁邊刷著平板看自己的行程表，似乎沒打算吃晚餐。

「哦，最近不是接了一部新電影嘛，製作人說什麼要給觀眾『必要的福利』，要求加碼裸戲。」陸堯有些無奈地解釋道，這就拉起了上衣。「所以，為了保養這排腹肌，我好一陣子都得嚴格控管飲食了。」

聞言，蔡晨梓氣呼呼地罵道：「那你怎麼不早說？還讓我也給你買了晚餐！你不知道我的薪水少得可憐嗎！你大影帝一部戲的片酬，抵我小經紀人多少年工資知道嗎！」

「晨姊，是妳自己那麼急著點菜，都不等我說——」

「不，我不要聽你解釋，你們這些演員最會裝可憐了！我是不會信你的說詞的！錢還來！十倍奉還！」

不理會那兩個已經吵起來的傢伙，紀子丞拿過平板，先用紙巾擦乾淨螢幕，接著才點開了項陽的資料，仔細地看了起來。就在他讀到一篇類似自我介紹的短文時，卻驀地輕呼了一聲。

「哎呀……」

「怎麼了嗎？」

「嗯……這傢伙說，他的禁忌是『恐怖片』，而且不管有沒有靈異元素，都會怕。」

陸堯聽紀子丞這麼說，第一時間還沒聯想到對方提這個做什麼，但很快地，他就想通友人詫異的原因了。

「你這次的電影，題材該不會就是……」

紀子丞點點頭，然後勾起玩味的笑。

「心理驚悚片。」

¤

項陽一個人待在小小的練習室裡，坐立難安。幾天前的事情他到現在還有些緩不過勁，就連室友也在關心他，怎麼連著幾晚都做惡夢，情緒似乎很不安定的樣子。但他怎麼好意思和對方說，自己這幾天老是夢到有人拿開山刀追他？

——而且都已經知道其實是假的了，他還是被嚇到惡夢連連。

那日試鏡結束後，工作人員就只是輕描淡寫地告訴他已經獲得角色，其餘的卻是什麼也沒解釋，只讓他回去等後續通知。之後，公司先捎來的消息卻不是試鏡相關的，而是正式發配給他一個經紀人，表示他即將出道，開始在螢光幕前活躍。

當項陽看到經紀人的名字時，還當場傻在原地整整一分多鐘說不出話來，好不容易回神後又把那三個字重念了好幾遍，最後開始懷疑是不是公司裡剛好有兩個同名同姓的人。

蔡晨梓，這個比線上半數藝人還要知名的經紀人，居然要來接管他這樣的新人？這該不會是另一個更惡劣的玩笑吧？

不過，他昨晚接到的電話確實不假，那個精明幹練的聲音要約他見面，做正式的介紹和交接。他一點也不敢怠慢了，一大早就提前到了約定的地方報到，忐忑不安地等著這位王牌經紀人來見他。

看了看腕上的錶，項陽見時間差不多，這便趕緊再次確認服裝儀容，但在照鏡子時卻有些後悔，自己出門前怎麼沒戴個眼鏡修容一下，因為他的黑眼圈實在重到像被人打了兩拳。

算了，又不是要上節目什麼的，看起來乾乾淨淨就好。項陽自我安慰，然後正襟危坐地在位子上等著眼前的門打開。

很準時地，當約定的時間一到，馬上有人打開了門。

項陽本來已經把招呼放在嘴邊準備說了，結果進門的人卻讓他怔住，把話又吞回肚子裡。

進門的是個看起來帶點文藝氣息的男子，一身很樸素的襯衫與針織衫，手裡拿著一本書，舉止自然地就走進了小房間裡，似乎是沒感受到項陽正用一頭霧水的眼神對著他猛瞧。

「你好？」項陽見對方沒有開口，這便主動打破了沉默。

「你好。」男子淡漠地應了聲，接著就逕自拉了一張椅子坐下，繼續看著手上的書，沒有要搭理項陽的意思。

項陽只覺得氣氛尷尬無比，但又認不出對方到底是不是哪位前輩，只能硬著頭皮又開口道：「請問……」

「晨姊在跟公關部開會，可能有點delay到了吧？你再等一下。」男子如此應道，見項陽還是一臉有話要說的樣子，這才意會過來自己應該要自我介紹。

「我是紀子丞，你的導演。」

聞言，項陽瞠目結舌地看著紀子丞，半晌後才開口：「你……你是那個……拍《逆時針》、《記憶寄生》、《愛情不等式》的……的……」

「嗯，是我拍的。」紀子丞有些好笑地看著項陽，對方那驚慌失措的神態，像極了見著偶像的小粉絲，果然就是個還沒出道的練習生，舉止一點也沒有藝人的樣子。

項陽此時的激動實在難以用言語形容，他從沒想過自己能和大名鼎鼎的紀導演共處一室；當然，沒有馬上認出對方，他也覺得有點不好意思。

不過，紀子丞的名字比他的臉出名太多，他以前演出的舞台劇，也不是多數年輕人會感興趣的題材，加上螢幕前的曝光度略低，那張臉對項陽這個年齡層的人來說，辨識度不算很高。

興奮完之後，項陽才意識到紀子丞的第二句話是什麼意思。

「所以我那天試鏡的，是紀導演的新作品？」項陽先是興奮不已，但緊接著就閃過一絲不安的情緒。

「請問，這到底是怎樣的作品？我有問過助理，但他們沒和我解釋。還有，我的角色是──」

「你那天不是有看到劇本了？那就是電影裡的其中一幕。」紀子丞淡淡地答道，末了再給項陽一記重砲。

「你要演的，就是『張書暐』這個角色。男主角。」

一下子接收到太多訊息，項陽默不作聲了很久，腦子裡瞬間冒出幾百個問題，但最後脫口而出的，卻讓人有些出乎意料。

「找我演男主角……沒問題嗎？」

紀子丞聞言立刻皺起眉頭，語氣驀地降到冰點。

「所有角色都是我親自挑選的，所以你現在是在質疑我的判斷力嗎？」

被紀子丞翻臉的速度給嚇到了，項陽支支吾吾地解釋道：「我……我不是這個意思……我不但是個新人，而且……而且對演戲這塊一竅不通，一下子就讓我演男主角……還是演你的電影……」

「怎麼？做不來嗎？」

項陽差點就要回紀子丞「這不是廢話嗎！」，但對方眼神中隱含的怒火讓他不敢再吭一聲，只能可憐兮兮地閉嘴。他可不想要還沒出道，就先得罪了前輩，最後直接扼殺自己的星途。

紀子丞見項陽沒其他的話要說，這又回頭看起了手上的書，然後不時拿出口袋裡的鉛筆給書中的句子做註記。一旁的項陽，不知道自己方才到底把紀子丞惹怒到何種程度，看對方又完全沒打算搭理他的樣子，真是委屈到要出水了，一臉哀傷地躲在角落，暗暗祈禱經紀人快點來拯救他脫離苦海。

就在這一陣令人痛苦的尷尬持續了五分多鐘後，讀書讀得津津有味的紀子丞突然抬眼看著項陽，神情像是在評估什麼，把後者看到整個人都毛骨悚然了起來。最後，他拋出一個莫名其妙的要求。

「把上衣脫掉。」

「……欸？」

項陽以為自己耳朵抽筋，紀子丞講的應該是另外五個字，只是流進他耳裡就變成了完全不對的句子。

「沒聽清楚嗎？我叫你把上衣脫了。」

面對這麼咄咄逼人的語氣，項陽也只能不明所以地脫了身上的T恤。現在已經是四月，外頭的天氣也熱了起來，大樓裡早就開著空調放送冷氣。上身一光的項陽感受到寒意，馬上就打起顫來。而紀子丞就只是若有所思地盯著項陽，讓人猜不出他現在到底在想什麼。

一陣吵雜以及猛然的開門聲打破寂靜。

「Sorry啦！公關部的臭老頭今天事情特多，跟我靠夭個沒完，所以就——」蔡晨梓匆匆忙忙地甩上門，吼了好幾句才發現眼前的畫面很微妙。

「小丞，晨姊我都不知道，原來你也是『走後門』那一派的……」蔡晨梓故作哀痛地道，還給冷到發抖的項陽一記憐憫的眼神。

「就說你怎麼硬要找一個新人來拍戲，原來是要佔人家便宜……看來，經過這麼多年的荼毒，你也被演藝圈這骯髒的大染缸給……嗚嗚嗚……」

「晨姊，妳在說什麼？」紀子丞一頭霧水地看著蔡晨梓，不知道自家的經紀人在演哪一齣，不過他沒糾結在這個問題上太久，而是馬上就轉移話題問道：「妳覺得昨天阿堯說的『必要的福利』，真的是『必要的』嗎？」

「哦！」蔡晨梓聞言馬上抹去那個憂傷的表情，興奮地喊了一聲。

「你要在你的新片裡加裸戲嗎！我舉雙手雙腳贊成！姊姊們最喜歡小鮮肉了，呼呼呼……」蔡晨梓激動地宣示道，這就跟著轉頭打量起一臉慌張的項陽。

要說項陽那身材也不能算特別突出，但畢竟從小練舞，所以肌肉線條甚是勻稱，毫無贅肉，看起來賞心悅目；光是下腹那兩道延伸進褲襠裡的線條，就夠粉絲們配三碗白飯了。

反正他那張帶點稚氣的臉，和大肌肉也搭不起來，這種不會太瘦也不會太壯的身形正合適。

「觀眾喜歡？」

「當然！觀眾愛死裸露的戲碼了，最好還要溼答答！」

紀子丞的表情看起來很困窘，似乎是很認真在考慮要不要採信經紀人的說詞，在劇情裡加一些讓男主角「濕身又裸露」的橋段。

不理會陷入沉思的大劇作家，蔡晨梓這就轉頭對項陽道：「好啦，小朋友，從今以後你就是我的人了，知道嗎？」

項陽從頭到尾一臉呆愣，機械式地點頭應是。

「現在馬上把我的手機號碼背起來，背不起來就給我刺在身上！我的手機永遠不關的，所以隨時都能打給我。有任何問題，屁點大的問題也是，只要你感覺無法handle，馬上就回報給我；有人提給你任何工作相關的邀約、誰騷擾你偷拍你欺負你、突然間厭倦這個繁華的都市所以想離家出走、還有你想得到的亂七八糟的事情，都要回報給我，知道嗎？

「還有，我手邊有一堆小混蛋要管理，不會時時刻刻盯著你，但我會完全掌控你的行蹤，所以不要給我幹什麼『偷溜』的蠢事。上一個這樣幹的傢伙被我禁足了兩個月，而且還要參加每個電視台播出的遊戲節目，玩到面目全非。我是講真的，面目全非！」

蔡晨梓一番話像連珠炮似地轟炸項陽，不待對方吸收完畢，已經迅速拿出她昨晚替這個小新人規劃好的日程，準備要開始她一連串的震撼教育。

紀子丞知道這陣勢一擺下去可就沒完了，趕緊搶在前頭對兩人道：「應該沒我的事了吧？我要回去整理稿子了。」

「去去去，晚上再給你送飯。」蔡晨梓不耐煩地揮揮手，把堂堂大導演像小狗般趕出房間。

看著紀子丞離去的背影，項陽終於垮了臉，淚眼汪汪地對蔡晨梓道：「晨姊，想問妳一件事……」

「說，什麼問題，姊姊幫你喬。」

「紀導演要拍的電影……是愛情片對吧！拜託妳告訴我是愛情片！或是動作片、喜劇片都行！拜託妳！」

「……孩子，你還是先把衣服穿上吧，會著涼。」

Scene 3：
在這個瘋狂的世界，只有瘋子才最清醒。

紀子丞的新片《一個人的捉迷藏》的相關消息，終於在一片引頸期盼中釋放出來，明明還沒開拍，卻已經牢牢勾住所有人的好奇心。

尤其在公布了演員名單後，更是引起各界譁然。男女主角都是新人，男主角甚至還沒出道，就連名字也沒聽過，吊足所有人的胃口。

還沒出道就能接下知名導演的新片男主角？那肯定是個來頭不小的傢伙吧？很可能還身懷絕技？

各大媒體陷入了瘋狂之中，極力要挖出這個項陽的一切底細。但除了知道他是從別家經紀公司被J. C.收購過來的練習生，其他的詳情卻沒探聽出多少，只能捕風捉影。

一時間，所有媒體的娛樂版頭條都在說這位神祕新人，成功讓項陽還沒見光，就已經紅遍大街小巷。

J. C.這一招行銷十分有力，讓電影和演員都大大拉開知名度。不過他們並不打算真的把項陽塑造得花俏過頭，最後還是決定依照他原本的樣子推上螢幕，維持他清新、陽光的調性。如此一來，反而讓同期的藝人在他身邊都顯得有些「油膩」。

「現在是小鮮肉的時代！」蔡晨梓是這麼告訴項陽的。

那麼，小鮮肉本人如今又在做什麼呢？

項陽此刻正抱著一本筆記本，辛勤地抄寫著白板上的字句。求學時代就不怎麼寫上課筆記的他，還是頭一回這麼認真在記錄老師的話。

倒也不是他不愛念書或討厭上學，但就是志不在此，才會跑去練舞練歌嗓。像現在這樣勤奮上課的情景，他還是頭一次體會到。

這之中，他最需要好好吸收的，當然就是「表演課」。連劇本都不太會看的他，這幾日可都是準時到課堂報到。在敲定他來飾演男主角時，距離開鏡只剩下一週，他此刻只能卯足了勁惡補這個領域的基礎。

不過，他在課堂上只聽到了許多理論、專業名詞、劇本與角色剖析、劇場生態與發展等等，他感覺最應該學習的「角色演繹」，老師卻是隻字不提，只會在每次他提起這個問題時，給他一記充滿憐憫關愛的眼神。

項陽不是笨蛋，他很快就明白了：老師不需要教他，因為他會在片場直接感受來自導演的教誨。

可憐他一個生性樂觀的孩子，都被這樣的巨大壓力給整得悽慘無比，就連惡夢裡的開山刀殺人魔都不可怕了，因為現實生活中有更可怕的大魔王在等著他。

好在項陽這一週實在過得太過充實，蔡晨梓替他安排了非常多事情要做，而且一有空檔就會帶他去拜會各個部門的負責人，讓他這個新人可以快點讓大家熟悉起來。項陽根本沒多少時間可以煩憂，幾乎是一睜眼就開始忙到晚上準備睡覺。

在開鏡儀式的前一晚，項陽終於有了喘口氣的時間。蔡晨梓沒替他安排任何事情和課堂，讓他可以在宿舍裡糜爛一整晚。當他正打著這個如意算盤、準備往床上一倒時，門口的對講機發出了鈴響。

「喂？」項陽有氣無力地應了一聲，就聽見話筒那頭傳來有些熟悉的竊笑聲。

「項陽葛格！出來玩！」

「嗄？」項陽愣了愣，懷疑自己是不是太累了出現幻聽，仔細一瞧對講機上的螢幕，出現的居然是有點熟悉的小怪物布偶。

「項陽葛格，明天就要開拍了，可是大家都還不認識你欸！」湘湘整個人掛在警衛的桌子上，把她的醜娃娃往鏡頭猛戳過去。

「紀導說你忙，不能找你玩，那你什麼時候忙完？現在忙完沒？陪、我、玩、嘛——！」

聽到女孩撒嬌的聲音，項陽忍不住笑了，打趣地回道：「湘湘請我吃飯，我就陪湘湘玩。」

「嗷！我請你吃大餐！快來跟我玩！還有其他大葛格大姊接哦！大家一起吃飯、一起玩！」

就這樣，項陽只能取消了原本的休息計畫，整裝下樓來讓女孩帶去見劇組。他在那天試鏡後就努力回想，最後終於想通女孩為何很面熟，現在再一次看到本人——五官完好、沒畫上血腥的特效妝——之後，更確定了他所想的答案沒有錯。

「那個在優酪乳廣告裡面，跟益生菌跳舞的，就是妳對吧？」

「對啊！我很可愛吧！」

項陽那日的預感沒有錯，本名李苓湘的湘湘真的是童星，在廣告和戲劇裡都能看見她的身影，小小年紀就已經用那張萌死人不償命的臉蛋贏得廣大粉絲，以及各家廠商的心。只是一個孩子的工作量不可能太大，加上她也才踏入演藝圈不久，所以還沒有什麼可以稱之為「代表作」的作品。

湘湘這一次能夠參與紀子丞的電影演出，看來將會和項陽一樣，把自己的知名度完全打開。

牽著女孩的手，項陽糾結了半天，末了還是忍不住一臉幽怨地問道：「湘湘啊，如果我答應妳以後都陪妳玩，那妳可以不要再像那天那樣嚇我了嗎？」

項陽那日可真是被滿臉血肉模糊的湘湘給嚇壞了，而且還不得不佩服女孩的演技真的不賴，那略帶癲狂的眼神可不是人人都揣摩得來，把項陽瞪得都隔這麼多天了，還心有餘悸。

可惜，事與願違，女孩抱著布偶竊笑幾聲後，非常乾脆地拒絕了。

「不行唷！而且紀導說，我的工作就是嚇、死、大、家！演得不夠可怕，我會被罵的啦！」

項陽聞言差點飆淚。

他到底是招誰惹誰了？這紀子丞什麼片子不拍，偏偏就要拍他最無法招架的恐怖片。男主角自己光看劇本就已經被嚇得亂七八糟了，還演得下去嗎？

該不會電影拍到了最後，全都是他在驚聲尖叫的狼狽相吧？

完了，他現在就是個「一片素人」無誤，拍完這部作品就息影退出。

在滿腹的怨天尤人與胡思亂想中，項陽終於在湘湘的帶領下來到了離宿舍不遠的小餐館裡。這間店算是離J. C.最近的餐館，供餐素質也很棒，所以隨便都能看到某個大明星出現在這裡覓食，也成了粉絲們最喜歡的追星勝地。

「嗨！你們來啦！」

一大一小才剛到店門口，一個人影就已經迫不及待地跑上前打招呼。

小餐館外，從落地窗一眼望進去就能看見那一桌子的人，氣氛是一片的興高采烈。

走出來迎接項陽的，是個看起來比他年紀再小一些、像是剛從高中畢業的年輕女孩。女孩對他們露出甜美的笑容，這就把人給帶進了餐桌間。

「哇！我們的男主角來了！」桌邊一個人這麼起鬨道，其他人便跟著鼓掌笑鬧起來，把項陽弄得有些不知所措。

這時，他才發現桌次間有幾張臉孔十分眼熟，順帶勾起了那日試鏡時的慘烈回憶。

「嗨，又見面了。」

「嗨……」

那天疑似被人給「出草」的眼鏡小哥露出淡淡的微笑，上前和表情哀痛的項陽握手示好，還順手遞上了一杯飲料。

「那天沒能自我介紹，你好，我是謝璟。」名為謝璟的眼鏡小哥，其實早就是演員名單裡的一份子，而他當日演繹的也正好就是他在電影中的角色：高業樺。

謝璟和項陽年紀相仿，但演戲的資歷也有四年多了，只是到目前為止都沒有演過戲分較多的要角，所以距離讓路人都能把臉和名字對上的日子還遠著。

反觀旁邊那位仁兄就比他有知名度多了，可見鄉土劇的影響力不容小覷。

「嘿，吳勝一，土龍仔就是我啦。」瀟灑報上資歷的肯尼男孩朝項陽擺手，隨後一臉自信地補充：「但我打算之後要轉戰歌壇，所以你也可以叫我Kenny Wu！」

呃，是要唱台語歌還英文歌？項陽忍住了沒把這問題拋出來，但腦海裡就是無法把吳勝一在鄉土劇裡的地痞模樣換成花美男歌手。

項陽後來在蔡晨梓一邊憋笑一邊裝正經的解釋下，總算知道了試鏡當天到底上演了什麼鬧劇。

原來當時真正去試鏡的只有四個人，其他在場的都是演員和工作人員偽裝的假候選人。他們的工作就是把被蒙在鼓裡的四人帶進不同的情境中，把人嚇到屁滾尿流，再讓坐在監視器後頭觀賞這一切的紀子丞決定，到底要錄取哪個人選。

只不過，劇組也只是奉命行事，沒人曉得紀子丞此舉的用意為何，所以項陽就是問了在場的諸位，也找不到一個可以替他剖析導演想法的人。

「哈囉，我是白妍昕。」最後一個上前自我介紹的，正是那位來迎接他們的女孩。「我就是女主角『林筱彤』啦，以後我們會有很多對手戲，還請多多指教囉！」

聽聞這樣的說詞，先搶話的卻是一旁的湘湘：「我才是女主角啦！紀導說我的角色最重要！」

「啊，那當然，湘湘當然是我們最可愛的女主角！」白妍昕笑笑地附和道，但項陽總覺得對方的語氣聽起來有點酸。

不過，項陽沒放心思在這點小事上，抱著悲壯的情緒向在場的人坦白道：「這是我第一次演戲，所以還請大家多多幫忙了……」

「安啦，兄弟，我們都知道你的狀況。有啥問題就說出來吧，大家會幫你的！」態度挺海派的吳勝一，已經搭著項陽的肩稱兄道弟起來。

「項陽葛格不會演戲的話，我教你。」湘湘也是笑盈盈地這麼說道，成功用孩子的天真無邪讓項陽打起了精神。

看來，大家人都挺好的嘛。項陽這麼想著。

因為其他人比他早一段時間就加入了拍攝企劃，所以這時候也已經有一定的熟識程度，就剩項陽還很陌生。不過，項陽的性格本來就比較外向，融入劇組這件事對他而言不算困難，很快地就跟大家打成一片，同時也稍微消除了即將演出的緊張感。

當然，大家也都對他這個人十分好奇，想從他身上看出紀子丞之所以錄取他的理由。

但項陽卻很堅持，這一切真的都是「運氣」。因為他真的沒有做出太特別的事，就是和當天另外三位新人一樣被嚇得連滾帶爬、哭天喊地而已。

「或許紀導很中意你慘叫的樣子？」

「這話聽起來有點變態啊……」

「他是知道你怕恐怖片才故意找你演的？」

「這我不曉得欸……但我也不敢問啊！」

「雖然大家都還沒看過完整的劇本，但有幾幕還真的滿恐怖的說。」

「不要再嚇我啦！我要哭了！」

眾人就這樣七嘴八舌地和項陽聊起來，更是訝異原來他起先是以唱跳歌手的身分被培養的，果真跟戲劇圈擦不上邊。

最後，這場餐敘就在某人的經紀人衝來，帶人回家早點睡覺的突發事件中結束。大夥兒笑著送走了項陽，都覺得他們的這位男主角挺不錯的，看來接下來的拍片期應該會很順利——

才怪。

「欸，我們來賭，他能撐多久才被換角。」其中一人在支開湘湘這個孩子後，馬上就開啟了話題。

「一個月，極限。」另一個人誓旦旦地說道，不少人都跟著點頭附和。

但謝璟卻是眉宇微蹙，語氣不善地指責：「你們不要太過分了。」

「你先前不是也在唱衰他？」一旁的吳勝一反詰。

「那是因為我以為他能拿到角色，是走了什麼旁門左道。」

「他說沒有，你就信了？」

謝璟被吳勝一的問句一堵，這下子也說不出麼更好的理由反駁，但他此刻就是沒辦法樣這些人一樣，對項陽的處境感到幸災樂禍。

這些人沒告訴項陽的是，他這個男主角是被「排擠」在外的，而給了這個指令的人，竟然還是紀子丞。

他們其實也不懂，為什麼導演要刻意保留部分拍片的事項不讓項陽知曉，也不懂導演給他們那個彷彿在惡整人的指令是怎麼回事。但無論如何，對這群人來說，這個初來乍到的新人由始至終都不會融入他們這個團體。

說不去猜忌、嫉妒，那是不可能的，這些人多少都對項陽這所謂的「運氣」感到不舒服。不管紀子丞對項陽到底有著哪種奇怪的計畫或情緒，最終只會發生一件事：項陽將因為這部電影而一夕成名。

那他們這些已經默默耕耘很久、付出許多心血的人呢？這樣的「運氣」為什麼不是降臨在他們，而是在一個看起來毫無特別之處的人身上？

對項陽那副不知所措的模樣，在場大半的人反倒不是可憐他，而是更加不能服氣，覺得一個狀況外的傢伙到底憑什麼能撞上這樣的大運？

白妍昕眼見氣氛有些尷尬，這便跳出來緩頰：「哎，大家別這樣，明天就要開鏡了呢，就求一切順順利利吧！總之我們就按著紀導的意思辦事就是了，然後好好把這部電影拍完吧！」

「昕昕說得對，咱們還是focus在自己份內的工作上吧！大家都知道，跟紀導拍片是場硬戰，還是把皮繃緊一點吧！」

「是啊是啊……」餘下的人也樂得有人轉移話題，免得一不小心就說出什麼不能聽的壞話來，又一個個換上了原先那副來慶祝的快樂模樣，好似剛才那一段對話從來沒存在過。

但所有人心裡都想著：明天開始，好戲就要上演了。

¤

紀子丞跟著蔡晨梓見了一整個早上的贊助商，雖然心裡感到很厭煩，卻也明白沒有資助，自己壓根拍不了片。所以，他還是只能認命讓經紀人帶著四處奔波，去讓那些出錢的大老闆們看個臉、陪他們喝杯茶。

明天就是開鏡儀式，對紀子丞而言那是跑得很熟的行程了，面對媒體他也有自成一格的應對方式，一切似乎沒什麼太特別的。但這部片不一樣，它比其他作品更獨特，更有涵義在。

只是，紀子丞從未和任何人說過。

「小丞啊，你之前說你今天下午要幹什麼來著？給你一個小時的時間，會太趕嗎？」蔡晨梓在兩人坐在車上趕路的期間，忽然想起了幾天前紀子丞曾跟她提過的要求。

靠在窗邊看書的紀子丞沒把視線移開書頁，只是口氣平淡地道：「一小時應該夠吧……我想去看一下陳老師。」

蔡晨梓聞言先是一愣，接著便果斷地道：「你不早說！今天下午的行程你不用跑了，好好去陪陳老師，其他的事我處理。」

「這樣好嗎？妳不是說sponsor——」

「囉嗦啊！我誰？王牌經紀人！這點小事王牌會hold不住嗎？中午吃飽飯就給我滾過去，晚餐前才准回來！」

紀子丞笑了笑，沒跟強勢的經紀人多做爭辯，這就應下了對方的安排，午餐吃完後就自己搭著計程車出發了。多虧他那張臉的辨識度還沒那麼高，想走私人行程時，不太需要擔心會有瘋狂粉絲出現，也不用做什麼徒勞無功的變裝。

來到療養院前，紀子丞難得有些緊張。他知道對方不喜歡自己來探訪，這樣突如其來的出現，不曉得會不會造成什麼不良影響。

「啊，子丞，來看陳老師啊。」

紀子丞正在櫃台填寫訪客紀錄，一道熟悉的嗓音就在身旁響起。他抬眼看見那個長相比實際年紀輕了許多的醫生正朝他走來，這便跟著回以一個禮貌的微笑。

「楊醫師，午安。」紀子丞對來著頷首示意，隨後注意到對方白袍上的繡字有了變化，於是露出了不解的神情。

那醫生注意到紀子丞的視線，一臉無奈地道：「家裡出了點變故……都這歲數了還要改名換姓的，真麻煩，但我母親很堅持……反正大家還是習慣喊我楊醫師，用不著特地改口。」

「家家有本難念的經。」

「那是。」

醫生就這樣一邊和紀子丞閒聊著，一邊將他領進療養院中庭的露天活動區。這天的氣候不錯，不少患者都出來享受難得的陽光，廣場上隨處可見患者、看護和家人，氣氛一片祥和。紀子丞看著那個佇立在樹下的人影，驀地感到卻步。

「楊醫師，陳老師的病……有好一點嗎？」

聞言，醫師勾起淡淡的笑。

「子丞，你知道精神分裂症是不存在『完全治癒』的選項的，至少，現在的醫療還沒辦法……總之就是按時服藥，舒緩症狀而已。尤其陳老師的病程也都這麼多年了，沒有急性復發就算不錯了。」

「那幻覺那些……」

醫生只是輕輕地搖頭，沒開口回答紀子丞的問題。

紀子丞凝視著那人影，心裡似乎還在猶豫著什麼，但一旁的醫生已經讀出他的想法，拍拍他的肩膀道：「快過去和陳老師說說話吧，她看到你來肯定很高興的。」

「是嗎？」紀子丞自嘲地笑了笑。

當初堅持要來這間療養院的人，是對方、不是自己。她這麼做，難道不就是想逃離身邊的所有人，圖個清靜？如果真的喜歡他的陪伴，為什麼還要離開？

「那當然。天下哪有討厭自己孩子的父母？」

留下這句話給紀子丞，醫生轉身離開。紀子丞做了幾次深呼吸，邁步走向長椅。

那是個四十多歲的婦人，黑灰參雜的短髮挺凌亂的，一身穿著也有些邋遢，但並不髒。她看起來很瘦，神情像是一直處在緊張之中。但儘管整個人看起來狀況不佳，卻仍掩蓋不住她原有的美貌，只是蒙上了一層病氣。

紀子丞走到她身邊時，看見她正一邊說話、一邊揮舞著手，像是在往身後的黑板書寫筆記。那景象就如同那些年，她還站在講台上，替占滿整間教室的數百名學生上課。

陳縈在紀子丞接近時立刻轉身，眼神中充滿驚訝，隨後用帶著些許怒意的嗓音質問道：「不是說別跑來看我嗎？萬一有人跟蹤你過來，怎麼辦？」

「媽，我有按妳說的方式把跟蹤的人甩掉了，沒人知道我來這裡的。」紀子丞配合地說道，接著露出微笑，上前張手摟住了婦人消瘦的身軀。

「抱歉，我應該更常來看妳的。」

陳縈輕撫著兒子的頭髮，輕嘆了一聲才道：「媽媽在這邊過得很好，你把自己照顧好就行，不用常常來這個瘋人院。」

「這裡不是瘋人院。」

「給我這種瘋子住的地方，當然是瘋人院。」

紀子丞不想跟母親爭論這每次都會讓他們差點吵起來的事，轉移話題問道：「妳在上課？」

「是啊！」陳縈笑得很高興，指著坐在草地上的少女道：「跟你介紹一下，她叫小歡。聰明的女孩，一說就懂，比我以前那些學生好教多了！」

「嗨。」紀子丞順著陳縈指著的方向看去，禮貌地打了聲招呼。

「你好啊。」小歡露出調皮的笑，起身走到紀子丞身旁，靠在他耳邊細語道：「陳老師太抬舉我啦！其實她說的理論好難，我很多都聽不懂呢！」

陳縈牽著小歡和紀子丞來到長椅落坐，回頭也和小歡介紹道：「小歡，這是我兒子，紀子丞，是個導演呢。妳聽過他嗎？」

聞言，小歡面露欣喜，很興奮地應道：「天啊！我知道你是誰！原來你是陳老師的兒子！你拍的電影我都很喜歡，非常有深度！果然是母子啊，兩人都這麼有內涵！」

「哈哈，是妳不嫌棄了，我家這毛頭小子還嫩得很！他拍的電影還有很多進步空間啦。」陳縈雖然嘴上說得像是在嫌棄，但眉宇間都是驕傲的神色，其實是很以兒子為榮的。

「哇，我生平第一次這麼近距離看到明星，感覺好不真實喔……我可以跟你要簽名嗎？」小歡露出殷殷期盼的神情問道。

陳縈見兒子沒應話，這便責怪地罵道：「你這孩子，耍大牌嗎？人家跟你要簽名呢，有什麼理由不能給的嗎？」

「沒，只是手邊又沒紙筆，我回頭簽好了再給她。」紀子丞平淡地解釋，隨後還自動追加道：「如果還想要其他藝人的簽名，我也能幫妳要。」

「天啊！太棒了！紀導演你真是大好人！」小歡興奮得直尖叫，讓陳縈哭笑不得，趕緊阻止她這麼吵鬧的舉動，免得驚動了其他患者。

「小丞，是說你怎麼有空來呢？工作不是挺忙的嗎？」陳縈其實也不太懂兒子的工作內容，只知道演藝圈不是一般的辛苦，尤其擔當幕後人員的更是。像紀子丞這樣的大導演，肯定是忙到沒日沒夜吧？

「接下來要拍一部新片，要忙很長一段時間，所以趁那之前先來看看妳。」紀子丞牽著母親的手，感受她那因為長年握著粉筆，而變得粗糙乾燥的指尖，心裡驀地湧起一股不捨。

「新片？又有紀導演的新電影可以看了！好棒啊！」小歡鼓掌叫好，隨後神祕兮兮地悄聲問道：「可不可以偷偷告訴我，是怎樣的電影啊？」

見兒子又不出聲，陳縈拱拱他，催促道：「你就跟小歡說說嘛，劇情不能透露就算了，至少介紹一下是什麼類型的片子吧？」

紀子丞最後敵不過母親的苦勸，只能認命地開口道：「是驚悚片，不過沒有真正的靈異元素就是了……」

三人便這樣在樹下的長椅聊了起來，時間竟是一晃眼就過了好幾小時。紀子丞眼見母親也倦了，便想帶她回房休息，但她卻堅持著要繼續把她給小歡的課堂上完再說。

「媽，那我回去了。妳要早點休息、按時吃藥。」

「快回去吧，你也在這邊待太久了，會有人找來的！」

紀子丞嘆了口氣，又說了幾句道別的話才總算願意離開。他在迴廊邊的窗口看著母親在樹下演說的身影，只覺得畫面刺痛得讓他想闔起雙眼。

遠遠地，陳縈就這般興高采烈地對著空無一人的草地說話。

Scene 4：成年人的生活裡沒有「容易」兩個字。

「項陽，你到底在亂演什麼東西，給我重來！」

「就只會照唸台詞，那我找外面打工仔來拍就行了！」

「我知道我寫了什麼台詞，但我讓妳這樣演了嗎？這樣的情緒反應對嗎？妳到底有沒有讀懂角色介紹？」

「國中生的話劇都演得比你們還要好！要不要把你們通通送回表演學校重唸一年！」

「場控在搞什麼？為什麼會有路人在那邊！我說了要『清場』，這兩個字有多難懂！」

「下雨了當然就上雨備！不要拿這種蠢問題煩我！」

「又delay！你們打算讓我拍到民國幾百年！」

「這不是我要的畫面！」

片場裡，這樣的吼聲持續了一整天。上至主角、下至龍套，甚至連路邊充當街景的臨演都被紀子丞罵到狗血淋頭；而這只是一部分而已，每天的後製時間又是另一場磨難。電影才開拍不到一週，幾乎所有工作人員都已經被導演的高標準，以及翻臉比翻書快的性子逼瘋。

但最可憐的還屬演員。不用上鏡的工作人員可以逃，但他們卻是完全避不掉，就是前一場戲被嫌棄到一無是處，下一場還是只能補補妝然後繼續奮鬥。

紀子丞看起來或許有些文弱，平時也都是一副書生樣，但只要一坐上導演椅，那性格完全像是換了一個人。

用「暴虐無道」來形容變臉後的他都還太客氣，如果這是在演戲，那他的演技毫無疑問地和影帝有得拚；他可以前一秒很淡定地看螢幕，下一秒就勃然大怒開始飆罵，再下一秒又恢復鎮定，像是什麼事也沒發生過似地繼續拍片。

部分的人不是第一次和這位大導演合作，抗性早被磨得很高了，知道被罵後，最好的應對方式是裝沒聽到，把所有不爽和難過留到下班後再回家細細品嘗，當下絕不能讓情緒左右而慢下了手頭上的工作，因為那樣反而會招來更多責罵。

可惜主要演員裡，幾乎都是首次和紀子丞合作，於是可怕的磨合期就這樣凌虐著他們。尤其是同時身為新人，以及扛住整部片的男主角，項陽，他的苦難是別人的數倍不止。

「從你踏進片場那天起，你就不算是個『新人』了，所以我不可能給你任何特殊待遇。」

項陽頭一天上工就收到紀子丞這樣的警語，嚇得只想奪門而出，若不是逃生出口那邊站著一樣嚇人的經紀人，斷了他生路，他很可能真的已經臨陣脫逃。

平心而論，項陽的表現不算太糟，對於演戲還是有點慧根的，只可惜紀子丞從來就不是個輕易開口讚美的人；在他的標準裡，沒罵人的時候就是種稱讚。

項陽打從進入攝影鏡頭的那天起至今，還沒收到過任何肯定，有的只是一連串讓他快要麻木的批評，不只自信心，連尊嚴都快灰飛煙滅。

今天依舊是在一通沮喪中度過。項陽抱著剛拿到的劇本回到休息室，準備來研究明天要上哪幾場戲，進房時就看見謝璟也在裡面，一邊喝茶一邊在自己的劇本上寫註記，看來也在研讀他的戲份。

項陽開心地上前，正想向這位前輩請教，但對方一察覺他靠近時，卻迅速闔上了自己的劇本，彷彿生怕被人看見了內容。

「呃，抱歉，我沒有要偷看的意思……」見到謝璟這明顯排外的舉動，項陽尷尬地笑了笑，立刻退回自己的位子上，心道自己可能是打擾到對方了，才會讓人家有這麼大的反應。

「別道歉，不是你的問題。」但謝璟卻是這樣回道，隨後便生硬地轉移了話題，問道：「你今天的份拍完了？」

「嗯……其實沒有……」項陽短嘆一聲才續道：「第一場第一幕的部分，紀導一直覺得我沒有進入『正確的情緒』，所以光是re台詞就被打槍了大概一萬遍……我現在每天都要先試戲這一幕，演到他滿意為止，所以根本就沒有真正『拍完』的一天啊……」

雖然在觀賞影片時，觀眾看到的是個首尾俱足的故事，頂多偶爾會有導演用不同的手法去表現時間軸，但總而言之是一氣呵成的；可是對幕後製作來說，卻不是如此。

一部電影是被許多場景、幕切割的，拍攝時要考慮到很多問題，演員當然不是直接按照時間順序來演繹。上一場戲還在大哭、下一場卻接著演歡樂情節的狀況是很正常的；對於情緒的迅速轉換，那是身為演員最基礎的功課。

只是《一個人的捉迷藏》這部電影的拍攝狀況還更加嚴苛，因為紀子丞如今仍未公布完整的劇本，甚至針對不同的演員而給出不同片段的劇情，讓演員們也拼湊不出故事的前因後果。

對於有經驗的人來說，這倒也還不至於到無法演繹的狀況。每段情節都還是有相當詳盡的註記，只要能通徹瞭解自己所扮演的角色，那在情緒模擬上就不會有什麼大問題。可是對項陽這樣的新人來說，這當然是項極為艱鉅的考驗。

尤其，他至今依然對主角「張書暐」的性格感到無力掌握。

再加上他對故事的發展一知半解，所以常遇上一些情節令他摸不著頭緒、也不知道該放怎樣的情感，最後當然只有被紀子丞不停糾正的份。

這部電影是偏重男主角視角的，第一幕以他在一片樹林中醒來，發現自己渾身是傷、而且記憶有了缺損做開頭，由此展開一段充滿混亂與謎團的故事。

項陽光是他出場的第一句台詞「這是哪裡？」，紀子丞就挑剔了無數次，說他的神態怎樣就是沒有他要的感覺。好不容易這句過了，但後面的第二句卻又不行了，於是又從頭來過。他們兩個每天都要持續這樣的輪迴，直到紀子丞失去耐性，要項陽明天再來試戲。

項陽實在搞不懂，在那樣的情境下該表現的，不就是慌張、恐懼之類的情緒嗎？但紀子丞總說不對，要他在慌張之餘，卻又隱隱地冷靜……那到底是什麼複雜的情感啊？而且還要用簡單的幾句話和眼神就表現出來，這根本就是不可能的任務。

其他場景就算了，但這是一部電影的最開頭，怎樣都達不到導演的要求，這對項陽而言大概是挫折之最。

他甚至都忍不住擔心，自己會不會哪天就讓紀子丞氣到決定換人來演？

雖說項陽一開始是一點也不想演的，但半途而廢並不是他的風格，而且心中總有股熱血慫恿他應該勇於挑戰，所以每次打開劇本、每次走過鏡頭，他都是投入所有心力，盡力做到最好。

只是，紀子丞的態度由始至終都是那麼難捉摸。他對項陽沒有通融，而且也常常指導到勃然大怒、摔劇本走人，然而過一會兒後又像個沒事人似地，再回來從頭仔細地給對方導戲。況且，他也不是針對項陽而已，所有演員他都是這樣的模式，不管資深資淺都照罵不誤，壓根不留情面。

這讓項陽不曉得自己到底表現得如何？因為紀子丞每次拂袖離去的樣子，都像是後悔用了一個開不了竅的新人，但一轉身又變成一個不會輕易放棄任何學生的老師，耐下性子慢慢指導他。這樣反反覆覆的表現都快把項陽逼瘋了，一直處在草木皆兵的慌張狀態下。

見項陽垂頭喪氣的樣子，謝璟忍不住安慰道：「你別太逼自己。你沒有演得不好，演戲本來就需要適應期，抓到感覺就會好多了。」

「『感覺』啊……」項陽聽到這兩個字就覺得渾身不舒服，因為紀子丞老在他面前叨念的就是「這不是我要的感覺」。

「嘿，你們在聊什麼啊？」這時剛好也下戲的白妍昕進了休息室，帶著活力的嗓音一下子就感染了房裡的氣氛，消散原先的陰霾。

白妍昕很自然地就拉了張椅子坐到項陽旁邊，挨著他問道：「項陽，怎麼這麼無精打采啊？上一場戲很累？」

項陽今天沒太多場戲，而且大半是在定點上說口白而已，說穿了根本沒什麼負擔。但他的疲倦是累積來的，集合了一整週的份量，所以看起來像是剛剛連拍了好幾場武打戲似的，眼神都透著虛脫。

聽了項陽解釋第一幕的事，白妍昕馬上就忿忿不平地道：「我覺得啊，紀導根本在刁難你嘛！他不是到現在都還沒跟你解釋清楚，男主角的性格到底是怎樣嗎？你當然抓不到情緒了！」

在劇情中，男主角張書暐是個喪失了近期記憶的人，在一邊解謎的同時，也在追尋自己不見的那段記憶。因著這個設定，加上故事那種或虛或實的風格，男主角有很多獨自思索的內心戲，常常一幕景過去，台詞沒有幾句，但眼神與表情卻換了不少。

可是要將男主角解釋為「內向」，卻又不是如此。因為他在和其他角色對話時並不畏縮，反應快而自然，甚至還能輕易地向對方套話，所以能理解他是個聰明而冷靜的人，雖然對周遭發生的事感到害怕、恐懼，但絕不會驚慌失措。

這樣的角色，和以往紀子丞創作的人物很不同。這個「張書暐」沒有什麼可以讓人馬上說出來的特色，更沒有令人過目不忘的魅力，平凡得像個鄰家男孩一樣。

平凡得像是自己今早才剛跟這樣的人擦肩而過。

說實話，項陽在讀第一部分的劇情時，真的感到十分困惑。這個男主角就這樣消失了兩年才回到他原本的生活裡，但他周遭似乎都沒有人特別關注他，鄰居、好友有聽說他的去向，卻沒有人查證，更沒人試圖和他保持密切聯繫。

這樣的狀況好像男主角的存在可有可無，完全是那種當有事情發生、警方上門盤查時，周圍的人會說「我認識他啊，他是個不錯的孩子」，但接著就無話可說的情景。

選擇這樣的人當一部電影的主角，感覺似乎太沒有吸引力了？

而拜這樣的主角所賜，項陽想揣摩可累了，這就如同要把自己身上的性格都拔除，變成一個路人般平淡的人物，讓人看到他的時候不會有太多的想法。

聽白妍昕這麼替他忿忿不平，項陽差點就要脫口抱怨了，說紀子丞這是在壓榨他一個毫無經驗的新人。但他想了想後卻覺得這種話似乎不妥，所以對白妍昕只是無奈地笑了笑，沒多說什麼。

豈料白妍昕似乎沒這麼快就放棄這個話題，這又替項陽抱不平道：「你運氣真不好，出道作給了紀導……他都已經這麼有名了，大家對他的作品當然有很高的期待啊！可他不選有經驗的人來演，偏要你這樣的新人去扛這壓力，太強人所難了！」

「呃，不會啦……能演紀導的片很棒啊，我應該是很幸運才是……」項陽不太想去指責前輩，所以只能乾笑帶過。

這時，在一旁默默聽著的謝環突然開口道：「項陽，我今天早上好像有聽到製作在討論，說明天臨時要出外景，你要不要去check一下？好像有很多場是你的。」

「真的假的？晨姊給我排明天要上課的說……」項陽搔搔頭，二話不說就真的跑出去找助理詢問了。

少了項陽，休息室裡的氛圍頓時有些不同。白妍昕看人走了就回到自己的位子上刷手機，倒是本來在讀劇本的謝環放下了本子，冷冷地看著她。

白妍昕感受到視線，回過頭笑著問道：「怎麼了嗎？」

「別演了。就妳那蹩腳的演技，連項陽也騙不過。」謝環不屑地哼了聲，接著續道：「不管妳想幹什麼，最好別那麼做。」

聞言，白妍昕臉上的笑容變了，不像以往那樣充滿了少女的天真無邪，反而透著一股狡猾。

「你在說什麼啊？我想幹什麼？」白妍昕的語氣故作無辜，接著她話鋒一轉，語帶嘲弄地反問道：「倒是你，為什麼要這麼在意項陽？啊，我知道了……你對他有意思？」

謝環也笑了。「怎麼不說是我對『妳』有意思，所以讓妳別去招惹惹不起的人？」

「嗯……這種說法好像也行得通呢……」白妍昕湊到謝環面前，兩人的距離近得可以從彼此的眼瞳裡看見倒影。「那你又是怎麼知道，誰惹得起、誰惹不起呢？」

謝環推開了白妍昕，整整衣領後才淡漠地應道：「演藝圈很小的，幹過什麼事，總會有別人知道……J. C.和妳以前待過的地方可不一樣，靠一張漂亮的臉蛋就能把事情彌平。相信我，妳不會想和他們槓上的。」

謝璟這一番說詞似乎透露了自己知悉白妍昕的過去，這讓白妍昕立刻垮了笑臉。但她不會這樣就顯露頹勢，而是隨即又換上一個看似真誠的笑顏。

「我不知道你到底誤會我什麼、或認定我以前做了哪些事，那肯定是流言。我只是個剛出道不久的小新人，還在努力累積自己的作品呢！日後還請謝璟前輩多多指教了！」

「是啊，演藝圈嘛，到處都是流言。」謝璟皮笑肉不笑地應了句，隨後就收拾了自己的東西，看來是打算回家休息。

白妍昕看著謝璟離去的背影好一會兒，這才不慌不忙地起身走到項陽的位置，拿起他的手機查看他的時間表，隨後傳了一份到自己的信箱中。

「到底是誰的演技才蹩腳啊……」白妍昕鄙夷地唸了一句，拿起謝璟桌上那杯只剩一半的涼茶。

然後，倒在項陽的劇本上。

¤

紀子丞一直都知道自己的性格非常不好相處，但他並沒有刻意讓自己變成一個八面玲瓏的人，就算人脈是一個藝人在演藝圈裡相當重要的資產，他也不去經營。

不是他不善交流或是討厭人群，他自己就是個演員，要扮演一個人見人愛的角色絕非難事。他不這麼做，是因為他知道那終究不是自己的本性。在這個圈子裡，太多人都已經習慣戴著面具——不管是在螢光幕前或螢光幕後都是——因為他們是藝人，他們的工作就是隨時保持光鮮亮麗的外表，娛樂觀眾。

紀子丞不想這麼做，他覺得那對他的精神是種壓迫，而他此生最恐懼的就是這樣的壓迫。所以，他從不掩飾自己的情緒，不論時、地，不管人、事，他想抒發就會抒發。

大家總說他性格古怪，他卻從不這麼認定自己是這樣的人；他只是把當下的感受通通反應出來而已。再者，他覺得去拒絕、壓抑某些情感，只會影響他的靈感和創作。

曾有人問過他為什麼要從舞台上退下，是不是因為對演戲感到膩煩？其實，扮演一個與自己迥然不同的人，一直都像種樂趣，他並不覺得厭煩。

他不過是更喜歡去說故事，而不是充當故事的一小片拼圖罷了。

可儘管他如此我行我素，大家也都看在他的才情上不去計較，總有些事情是他這個大導演不得不妥協的，例如，現在這種狀況——

紀子丞原本今天結束拍攝後就要回宿舍休息，卻臨時接到蔡晨梓的通知，說是有贊助廠商邀他吃飯，讓他非去露臉一下不可。他對這種交際應酬最為反感，也知道自家經紀人很懂自己的性子，能推的肯定都會推掉，既然會要求他去，那絕對是真的沒辦法拒絕的棘手狀況。

但是等紀子丞到了那間非常有名的麻辣火鍋店時，在四人卡座裡等著他的人居然只有一個。

「啊，紀導！你終於來了！」白妍昕歡快地說道，盡力露出她最甜美的笑容。

紀子丞就這麼站在位子旁不打算入座，冷冷地問道：「只有妳一個人？」

「本來是要跟我家老闆一起來的，可是他臨時有事要處理，又來不及通知你取消飯局，所以讓我留下來陪你囉。」白妍昕回答得很理所當然，聽得紀子丞火氣都冒出來了。

「既然有事，那就取消吧，我回去了。」紀子丞不留情面地說道，這就打算轉身走人。沒想到，白妍昕卻是扯住他的袖子，擺出可憐兮兮的表情。

「紀導，別這樣，如果被老闆知道我沒好好招待你，他會生氣的！我們就把這頓飯吃完，也好對大家的老闆有個交代嘛。」

紀子丞聽出白妍昕這話中有話，立刻就知道自己被設局了。可是就算再怎麼不開心，他也不能就這樣轉身離開這場鴻門宴，因為這次的電影是他輸不起的籌碼。

於是，他只能認命地坐下，然後立刻把狀況用簡訊傳給經紀人。

而另一頭，回到宿舍的項陽才剛摔進他舒適的小床，手機就鈴聲大作。他一聽那是代表蔡晨梓的奪命鈴聲，這就連滾帶爬地接起了電話。

「項陽啊，晨姊要給你派個任務，超重要，不准say no喔！」

項陽聽到這句話，眼淚差點飆出來，只能無力地應道：「晨姊，您大人行行好，小的我今天才剛拍了三場戲、又上了三小時的課，我求的只是好好睡上一覺啊！」

「孩子！面對現實吧！進演藝圈就是簽了賣身契！等以後賺大錢了再把自己贖回來！好

啦，不跟你囉嗦太多，現在馬上給我去吃麻辣火鍋！」

「……嗄？」

於是，十分鐘後，項陽站在火鍋店裡，愣愣地看著紀子丞和白妍昕。

當他出現的時候，那兩人都滿詫異的，但紀子丞很快就反應過來，然後伸手拍拍自己旁邊的位置，讓項陽趕緊入座。

給你送來救星了！不用多謝！晨姊最愛你！

紀子丞看著簡訊差點笑出來，不得不佩服蔡晨梓的招數太厲害，一下子就把這肯定沒好下場的餐敘扭轉成功。

「紀導、妍昕，你們怎麼會在這裡……」項陽見氣氛似乎有點尷尬，尤其白妍昕看著自己的眼神有點兇惡，這就戰戰兢兢地開口提問。

稍早他收到蔡晨梓的命令，居然是讓他來這邊跟紀子丞吃飯。但問了原因，對方又說不要管，去就是了，導演要請吃好料的，結果就成了這副莫名其妙的情景。

「沒什麼，妍昕想跟我討論角色的事，我想說乾脆男女主角都一起來吧，好好討論一下近況。」紀子丞說得自然，這就把菜單塞給項陽，隨意似地續道：「想吃什麼儘量點，我請客。」

「真的嗎！謝謝紀導！」項陽聽到後面那句話，開心得魂都要飛了，一掃來時那副疲憊不堪的模樣，雙眼滿是期待的金光，瞬間讓紀子丞想伸手拍拍他的頭，說一聲「good boy」。

「先點這個……這個……還有這個好了，不夠再加。」紀子丞隨手就指了菜單上最貴的肉品，還真的慷慨地就讓服務生開始上菜。看來，這點錢完全不讓大導演感到肉痛。

項陽一邊興奮地等著肉來，一邊卻又感覺現場的氛圍十分微妙。他沒有笨到沒察覺這頓飯有蹊蹺，只是他不曉得來龍去脈，所以不想多做猜測。他相信自家經紀人跟前輩應該不會害自己，所以決定放心地吃這一頓飯。

不過，坐在紀子丞旁邊還是讓項陽十分緊張。他和對方幾乎只有在片場裡互動，私下是沒什麼交集的；唯獨一次在片場外見面，就是他們第一次相遇那時。

他絕對不會說那次是什麼美好的經驗。

還有一個讓項陽對此情此景感到新奇的因由是，大家也很少和紀子丞一起用餐。紀子丞常常一邊工作一邊吃飯，捧著一個便當就坐在螢幕前默默地看剪接，而且很顯然覺得吃飯是件浪費時間的事，都巴不得快點吃完然後可以全心全意地工作，所以兩三下就掃空飯盒、回頭繼續忙碌。可以說，劇組幾乎沒和導演一起坐下來吃飯過。

這種新鮮的氛圍讓項陽覺得挺有趣的，想趁此多瞭解一下紀子丞在工作之外到底是什麼樣子。

五分鐘後他就得到了一個結論：跟工作時一樣。

「這裡有公筷，不要把自己的筷子泡進鍋子裡。」

「你在幹什麼？一次放那麼多肉，湯裡都是油！」

「煮太久了，肉都老了！」

「青菜，吃青菜。」

項陽深刻體會到一個人的控制慾延伸到火鍋上頭時，會是多麼可怕的情景，尤其再搭上那個凡事都要完美的性格，不允許任何一片肉涮壞了，紀子丞成功把這頓晚餐弄成「最標準的麻辣火鍋吃法」，錄起來絕對可以用作研究飲食文化的論文材料。

但另一邊白妍昕可不像項陽，覺得現下的狀況挺有趣的，看導演從頭到尾都不搭理她，就顧著跟座位旁的人鑽研火鍋吃法，心中的怒火都要衝破她那張純真的假面。

於是，她出手了。

「紀導，你不是想跟我們聊聊拍戲的狀況嗎？那樣正好啊！之前才聽到項陽在抱怨呢，說紀導總是讓他一直排練第一幕，偏偏又不說清楚角色設定，害他都抓不到感覺，結果你還一直罵他，讓他覺得很煩！」

白妍昕這話一出，項陽差點被一嘴的肉噎住，目瞪口呆地不知道該做何反應。他確實是有稍稍抱怨過這件事，心裡也感覺挺煩的，所以還真不知道該怎麼反駁白妍昕這番話。可是他絕對沒有要怪罪紀子丞的意思，因為他真正煩惱的是自己太過駑鈍，一直開不了竅。

項陽有些害怕地轉頭看向紀子丞，猜想對方肯定會對此震怒。然而，出乎意料地，紀子丞聽完後竟是一點表情也沒有。

「我本來就沒期待他能試一次就成功。而且那場戲要去的外景，也還沒聯絡好，感覺對了也沒辦法馬上拍。」

紀子丞這樣的回答讓項陽五味雜陳，聽起來好像是對方早預料到他不會成功，因為他的能力就是還達不到那個程度；又或者，明知道是在白費功夫，卻還是讓他一直重複這件事，像是在惡整他。

白妍昕忍不住勾起嘴角，正想落井下石，但紀子丞卻搶在前頭截去她的話。

「讓你一直試，是因為我要你習慣、甚至麻木，到最後這些台詞就會像是脫口而出那樣自然。」紀子丞轉頭對項陽說道，那認真而堅決的眼神讓後者忍不住跳了一下。

「會演戲的人多得很，我手上有的是人選。所以，我找你做我的男主角，本來就不是要你來『演』這個角色，而是要你能夠『成為』這個角色。

「不用去想怎樣才能演好，而是去想，要怎樣才能變成『張書暐』。在那天到來之前，我會讓你一直嘗試，直到劇本裡的所有反應都變成『你』的反應。」

項陽不曉得這到底算是在鼓勵，還是在給他施壓，但紀子丞的這番話確實讓他卸下了一些重擔，對於演戲這回事不再有那麼大的疏離與抗拒。

因為他知道，演不好也不會怎樣，更重要的是學著體會角色與故事。

白妍昕這下子也愣住了，完全沒料到紀子丞居然沒發火，而且態度還真摯到讓人覺得有些不可思議。

這種狀況下，白妍昕也只能扯著勉強的笑容問：「那紀導覺得我表現得怎樣？演得如何？有達到你心目中女主角的形象嗎？」

「還行吧。」

就這樣，三個字的評論，沒有後話了。

接下來的半個多小時裡，白妍昕都沒再說任何話，大概是被紀子丞那三字總結震撼到腦袋一片空白了，沒心思再繼續找機會給誰下套。

這頓飯結束後，三人在火鍋店前道別。這一趟收穫最多的人大概是項陽，因為他這個沒收入的練習生已經很久沒能吃一頓大餐了，這回被紀子丞用高級食材餵得飽飽的，忍不住覺得自己是全天下最幸福的傢伙。

「用走的回去吧？有點撐。」把白妍昕送上計程車後，紀子丞突然這麼提議道。項陽當然不會反駁大導演的意見，況且火鍋店距離宿舍也不算太遠，這便欣然答應。

兩人就這樣走在有些冷清的街道上。他們的臉不像其他藝人那樣好認，所以也不需要特地遮掩，走得十分愜意。項陽這時還不能體會，到了未來，這樣的平凡時刻將會是他最難得到的，簡直一秒鐘都不能浪費。

紀子丞像是在思索什麼，一路上都沒開口，這讓項陽也不好意思隨意搭話。他們兩人的關係，比起同事，應該更像偶像與粉絲，因為項陽對紀子丞只有滿滿的崇敬。

但沉默依舊讓靜不下來的項陽渾身不舒服，所以他最後還是鼓起勇氣問道：「紀導，可以告訴我，為什麼要選我當男主角嗎？我……我不是要質疑你啦，只是……只是很好奇，你是不是在我身上看到什麼……『特質』之類的？」

「你難道不怕，如果我說了『沒有』，那你就真的只是『運氣好』才被我選上的？」

項陽聽了這話，腳步一個踉蹌差點栽倒，但還是擺出堅強的態度回道：「我相信我還是有那麼一、兩個優點的！」

看著項陽那認真的表情，紀子丞也不好意思再調侃他了，這便如實答道：「抱歉，我不能告訴你答案；現在還不行。」

「欸？那……什麼時候才可以？」

「等最後一幕拍完的時候。所以，想知道答案的話，就繼續堅持著，直到最後一刻吧。」

紀子丞是演員、是編劇、是導演，能夠身兼三職的他，對於人的情感，當然是最敏銳的觀察者，所以他不可能沒察覺項陽的沮喪。他只是不覺得要為此讓步自己對作品的要求，也相信對方能熬過來，所以不曾開口說出什麼鼓勵的話。

項陽的努力，他都看在眼裡，沒有忽視。

終於，兩人走到了宿舍前，準備分道揚鑣。紀子丞看出項陽還有些徬徨，這就開口道：「好運的，只是時間點，對我們兩人來說都是。沒有遇上你，我不知道什麼時候才能開始拍這部片；你沒有遇上我，可能會繼續被埋沒。但選擇你做我的男主角、相信你能替我完成這部作品，終究是我自己的抉擇，那和你的運氣一點關係也沒有。

「演員到底配不配得上這個角色，是我這個導演該操煩的事，不是你的。」

項陽愣在原地，半晌後才笑逐顏開。

「紀導，謝謝你今天請我吃飯啊！以後還能跟你蹭飯嗎？」

聞言，紀子丞勾起淡淡的笑。

「你表現得好一點，想吃什麼都請你。」

項陽回到房間裡，原本打算就這麼放空腦袋休息。但想起今晚跟紀子丞的對談，以及他對「張書暐」這個角色的期許，項陽便著了魔似地無法停止思考，想著要怎麼做才能讓自己「成為張書暐」。

他翻開自己的背包，裡面放了一個大資料夾，塞滿被他翻到開花的腳本。其中一本還莫名被茶水浸濕了，但上面有著紀子丞親筆寫的註記，他捨不得扔，所以晾乾後還是寶貝地收在資料夾裡。

他將那些腳本拿出來放在書桌上，按著故事時間軸重新編排了一次順序，然後開始將自己抽離演員的身分，像個什麼都不知道的觀眾，從故事的最初開始慢慢讀起，與男主角一同踏上踏條充滿謎團的道路……

一個人的捉迷藏：Chapter 1

「已經是第五個了……」

「不行，瞞不下去了，我們需要幫助！」

「到底是誰！到底是誰做出這種事！」

「你這個殺人魔！」

好冷。恢復意識時，這是我的第一個感覺。

我緩緩睜開雙眼，映入眼簾的是枯枝和厚厚的落葉。我試著動了動身子，雖然不太對勁，但那感覺像是前一天激烈運動後，隔日起床時會遍佈全身的痠軟，而不是受了傷的疼痛。

不，我錯了，我身上還是有很多傷口，衣服也破爛不堪。還好只是一些擦傷，沒什麼大礙。

我坐起身，發現自己竟然在一座樹林中，放眼望去就只有交錯的樹叢，沒有路。從樹冠灑下來的光線稀薄，迎面而來的風很冷，尤其在灌進我身上的傷口後，更是讓我冷得渾身打顫。

「這是……哪裡？」我下意識地脫口而出，卻又隱隱覺得自己似乎曾經看過這個地方。

怎麼可能？我從沒來過什麼樹林啊。

我坐在原地，試著拼湊記憶，但怎樣也想不起來，自己為什麼會出現在這種荒煙蔓草的地方。失去意識前，似乎有很多人在我身邊說話，嗓音聽起來充滿絕望與驚恐。

又或許只是場惡夢。

我低頭看著自己的穿著，米白色的短袖T恤和同色系的長褲，尺寸是不合身的大，而且上面也不見任何商標。我的腳上只剩下一隻灰色橡膠鞋，另一隻光著的腳上全是被石子與樹枝刮傷的裂口。

「這什麼衣服，真醜……」我喃喃抱怨著，扶著一旁的樹幹小心起身，雙腿痠軟得差點站不穩，但行動上沒什麼障礙。

我伸手進口袋裡翻找，想看看有沒有證件或手機，但兩個口袋都空蕩蕩的，什麼也沒有。

我該不會是被搶劫了？然後歹徒還把我扔在樹林裡自生自滅？

甩開那些異想天開的猜測，我開始在樹林裡尋找出路，甚至也試著吼了幾聲，但沒有收到任何回應。當然，也看不到四周有任何人工開鑿的痕跡。

或許我應該回頭找找自己過來的路？按照我這一身傷，我肯定是自己在林子裡亂開路的，那勢必會留下許多痕跡，說不定我身上的東西就掉在路上了，沿途找回去或許能——

嚓。

因為整個人處在緊張的狀態下，所以一點風吹草動我都能注意到。我轉頭看向聲音來源，但身後卻是什麼也沒有。我很確定剛才聽到了枝葉被踩斷的聲響，而且離我不遠。

嚓。

又來了，這次是不同的方向。

我拔腿狂奔，卻怎樣也甩不掉那個聲音，身旁的樹叢不時傳來騷動，像是有人就跟在我附近。我不知道自己跑了多久，漫無目的地在樹林裡衝刺著，接著才發現植被越來越稀疏，也能隱約看見樹叢的另一方似乎有棟建築物。

我深吸一口氣，朝著那棟建築物直奔而去，只希望那裡會有人可以求助。然而，出現在我眼前的，卻是一棟廢棄已久的矮房，房子有一半淹沒在藤蔓間。看這副斷壁殘垣的樣子，肯定不會有人住在裡面。

嚓。

「是誰？誰在那裡？」我轉身朝那片樹林大吼，隨即聽到了竊笑聲從我身後傳出。

那聲音很近，近到像是只距離我一步。

一道冷汗滑落我的額際，我可以聽見自己的呼吸正急促起來，甚至能感受到心跳在加快。我放慢了轉身的動作，不停告誡自己不要胡思亂想，然後屏氣凝神準備迎接一個我可能承受不住的畫面……

「哥哥，迷路了？」

一個抱著娃娃的女孩站在我面前，就像我一樣，身上有很多擦傷，衣服也凌亂不堪，彷彿剛從坡上滾下來，頭髮上甚至還纏著落葉。

「哥哥，要不要陪我玩捉迷藏？」女孩軟軟的嗓音聽起來很甜美，我也相信她曾經長得很可愛，曾經……

女孩伸手要抓我，但我嚇得往後一跳，結果重心不穩地向後栽倒，滾了一圈後才狼狽地起身。

她用一雙混濁不清的眼睛看著我，慘白如紙的皮膚上浮著數條黑色細絲，在開口的同時，一道黑水便沿著她的嘴角留下。

「別……別過來……」我的嗓音充滿恐懼，還能清楚聽見牙齒打顫的聲響。

女孩拖著不穩的步伐持續朝我逼近，直到我撞在廢墟的門上，只能癱坐在門邊，任由女孩的手觸碰到我的臉上。

她指尖的溫度，是刺骨的冰冷。

我不知道她到底是什麼「東西」。或許是鬼魂？或許是殭屍？天哪，說不定根本是我的幻覺！

然而，她的存在很真實，只是外表如同一具屍體，而且還透著一股詭異的靈動。她的指尖在我的臉頰上滑過，接著便跪坐在我的雙腿間，繼續用混濁的眼珠瞪著我。她近得讓我能聞到她身上傳來的屍臭，一陣陣的噁心不斷湧上喉頭，我只能趕緊摀住口鼻，抑制住那股想要嘔吐的衝動。

「哥哥，我一個人玩不了捉迷藏，你能陪我玩嗎？」女孩似乎堅持著要聽見我的回答，不停重複著同樣的問題。

最後，我只能鼓起勇氣答道：「對……對不起……但我不想玩……我想……我想離開這裡……」

女孩皺起眉，讓那張死屍的臉看起來更加可怖。我以為她被我的話給激怒了，正想趕緊改口，卻看見她雙眼流下了黑水，像是在哭泣。

「怎樣都不能留下來陪我嗎？」女孩嗚咽著問道，緊緊摟住懷裡的玩偶，像隻受了傷的小動物般瑟瑟發抖著，讓我一瞬間就拋去了恐懼，只剩下不捨與心痛。

「對不起，真的不行。」我小心翼翼地伸出手，撥去她頭髮上夾著的枝葉，將她散亂的瀏海梳到耳後，最後抹去了她的黑色淚水。

女孩靠著我的手，半晌後悄聲說道：「哥哥，如果能答應我一件事，我就告訴你離開的路。」

「什麼事？只要能讓我離開，我就答應妳！」我可以聽出自己的聲音裡有藏不住的欣喜。

「答應我，你會回來找我。」

看著女孩哭泣的臉，無關能不能離開這片樹林，我怎麼可能忍心拒絕她的懇求？

「可以先告訴我妳的名字嗎？」

女孩聽到問句，沉默了會兒才應道：「我有綽號，叫小歡……但我沒有名字。」

「妳……沒有名字？」

「因為我沒有爸爸媽媽，所以沒有名字。」小歡有些哀傷地解釋著，但隨後又語氣歡快地續道：「但老師有說，乖乖聽話的孩子，很快就會有新的爸爸媽媽、有新的名字！」

聽她這麼說，我大致能猜出她的來歷。就像在應證我的想法，小歡起身走到棄屋前，我跟她一起蹲在那塊被雜草淹沒的門牌旁，伸手撥開了上頭的遮掩，讓下方的字顯露出來。

石刻的門牌已不像最初那樣閃著金光，但仍能清楚地看出那是什麼字。

樂善育幼院。

「小歡，這是妳以前待的地方？」

小歡點點頭，用她那張已經扭曲的臉擺出一個微笑，卻反而感覺不到任何笑意。奇怪的是，我對這個育幼院的名字感到有點熟悉，很肯定自己曾經在什麼地方聽過它。

「這裡都沒有人了，只剩我一個。」小歡傷心地說道，走過來牽起我的手。我幾乎用盡全身的力量，才能壓抑住想要甩開她的慾望。

雖然不知道小歡到底發生了什麼事，但我確信她是被人殺死的，因為她的後腦像是被人用鈍器給敲得稀爛，頭顱有一半都已經凹陷。若說她是失足落崖之類的有點牽強，因為她身上沒見到其他太嚴重的損害，致命傷很顯然都集中在腦袋上。

所以，她是在這間育幼院被殺死的嗎？到底是誰，會對孩子做出這麼殘忍可怕的事？

小歡牽著我走進棄屋。我發現裡面有很多東西都還擺放在原位，沒有收拾，經過某幾間小教室時，甚至還能看到地上散落的玩具。這讓人覺得先前在這邊的人是很臨時撤走的，所以連一點打包的時間也沒有。

在經過最大的空房時，我忍不住走了進去。從那個房間一側的窗戶放眼望去，可以看見後庭的一大片空地，還有木製的遊樂設施，完全能想像出有許多孩子在那裡嬉戲玩耍的和樂景象。

我轉頭看著那面吸引我注意的牆。牆上貼滿了孩子們的勞作，很多都畫著大房子和全家福，想來這就是這些孤兒們一心所期望的，能擁有一個幸福美滿的家庭。

不過，其中有一張圖很奇怪，因為它只有黑白的線條，絲毫沒有任何色彩。孩子們大多喜歡五顏六色，但這幅圖居然只有黑白兩色，實在單調得不像他們會感興趣的風格。我下意識地多看了幾眼，總覺得它有股難以言喻的吸引力。

圖上畫著很多孩子，他們將一個人圍在中間，或許是在玩什麼遊戲。奇怪的是，在畫面的另一個角落裡，還有個落單的孩子，孤零零地站在那裡看著所有人。他手裡還拿著一根細長的東西，或許是拐杖之類的？我看不出來。畢竟，一個孩子的畫工也不可能好到哪去。

那幅畫下面本來寫了作者的名字，但被人一筆塗掉了。

牆上還有不少生活照，那些孩子們都笑得好燦爛，甚至可以看出他們雙眼中的希望。

然後，我看見了，一張熟悉的臉。

我輕輕扯下那張照片，上頭拍的是一個身穿碎花洋裝的女孩，綁著雙馬尾的樣子可愛極了，手裡抱著一隻布偶，甜美得像個小天使。

我默默收下那張照片，隨後才轉頭對小歡道：「我答應妳，之後絕對會回來找妳，但我現在真的得離開這裡……」

我發現小歡並沒有在聽我說話，而是緊盯著窗外，似乎在看著遊樂設施後的那一片樹林。

我隨她的視線一起望過去，但什麼也沒看見。

「哇！」小歡驀地驚呼一聲，抓起我的手便跑了起來。我只能不明所以地跟著她衝出了育幼院，再度鑽進樹林之中。

「小歡！到底怎麼了！」

「不要回頭！」

女孩的尖叫讓我寒毛直豎，緊接著就聽見身後傳來陣陣騷動，彷彿有東西正在追趕我們。

「鬼來了！被抓到會死！」

我這個成人的步伐終究比小女孩大多了，所以就在那個追趕的聲音近得好像只有幾步之遙時，我二話不說撈起小歡的身子，抱著她拔腿狂奔。女孩的重量比我想像的還要輕，沒替我造成什麼負擔。她在我懷裡不停發抖，越過我的肩膀看了一眼我們身後的景象，接著便害怕地哭了起來。

「別哭，沒事的，別哭……」我分神安慰著她，但心裡其實也怕得要命，全靠最後一絲力氣在苦撐著不要停下，因為我知道只要一停下來，我就再也跑不動——

鬼會抓住我。

「大家都在玩捉迷藏，可是，有兩個鬼……」小歡靠在我耳邊說道，我不懂她在說什麼，也無心多想，只是使盡全力地奔跑著，直到再也喘不過氣。

終於，就在我已經視線迷濛、喘得肺快要從胸腔炸出時，我看見了馬路。我整個人幾乎是撞出樹林，接著沿著山坡向下滾，最後重重摔在路上。

我癱倒在地，小歡站在我身旁凝視著我好一會兒，然後才朝我揮手道別。

「要回來找我哦，我們約好了。」

那是我失去意識前，聽到的最後一句話。

¤

我知道自己坐上了救護車、被送進醫院，但期間都一直處在混亂的狀態下，意識也時有時無，睡了好一會兒才真正恢復過來。

那是一間四人房，每張床都有人，用布簾相互隔開，不過完全蓋不住其中一床的吵雜，似乎是一家子的人都來探望病患，所以熱鬧得不行。我緩緩坐起身子，雖然渾身不對勁又渴得要命，但沒見到身上有什麼太誇張的包紮，看來是沒有重傷。

就在我醒來沒多久後，護士正好進來查房，見我狀況穩定許多就替我拆下點滴。我這時注意到腕上的手環，上面的病患資料寫著：張書暐，二十一歲。

對了，進院的時候我有填寫過資料……

這真是太奇怪的感受了，我記得我叫什麼名字，也記得過去的事情，例如中學念什麼學校、家住在哪裡之類的……但對於時間點更近的事情，我卻是一想到就覺得頭痛，好像有股力量在阻止我去回想。

我低頭看著床邊的櫃子下就收著我昨天穿的衣物，我趕緊拿出來查看，一下子就在口袋裡翻出了那張女孩的照片。

果然，不是夢境。

我起身走進浴室，看見鏡子中的自己，身穿病人袍，面無血色，身上都是瘀青與遮蓋挫傷的紗布。鏡中的那個長相竟讓我覺得有點陌生，彷彿我已經太久沒有照鏡子，忘了自己長什麼樣子。

一股不安持續在我心中滋長。現在不只是要回去找小歡，更重要的是找回不見的記憶。我似乎不應該繼續耗在這裡。

想到此處，我瞥見公用浴室裡掛了幾套衣服。我想也沒想就將身上的袍子換下，穿著一身別人的衣服就走出了醫院。幸虧護理人員都很忙，沒人注意到我這個傷患就這樣擅自逃離了醫院。

我還記得自家的地址，但身無分文的狀態下根本無法招車，若用徒步的也不知道要走多久才可能到。所以我最後還是硬著頭皮坐上公車，在到站的時候裝作忘記帶錢的慌亂模樣，沒想到還真有好心的乘客，大概是看我一身是傷的狼狽樣所以可憐我、替我付了車錢。

走進社區，我有一絲恍然，覺得放眼望去的景物很熟悉，卻像是很久沒有見過。但這是我住的地方，我為什麼會有這詭異的疏離感？難道我已經很久沒有回家了嗎？

我站在我家的公寓前，隨後翻開了一旁花圃的小盆栽，萬幸我家的備用鑰匙還在那裡。正當我要開門時，隔壁戶的鄰居正好出門，這就與我對上眼。

「書暐？」林太太用非常詫異的眼神看著我，像是我根本不該出現在這裡。

「您好，好久不見。」我故作隨興地應道，仔細觀察著對方的反應。

就見林太太愣了會兒，然後才木訥地回道：「是……是啊，很久沒看到你了呢！應該有兩年了吧？」

「哇，我都沒注意到，居然過這麼久了。」

原來我有兩年沒回家了？

「你爸媽說你出國念書去了？一個人在國外生活真不容易呢。」林太太笑了笑，隨後就注意到我的樣子很淒慘，忍不住就關心地問道：「你怎麼啦？怎麼受傷了？」

「昨天出了小車禍，但沒事了，這才剛從醫院回來而已。」

「哎呀，小心點吶！那你快回家好好休息吧！幫我跟你爸媽打聲招呼！」

「我會的，再見。」

進了家門，我才終於鬆懈下來。從剛才那段對話裡我聽到一些端倪，卻又覺得更加詭異了。我對周遭事物有陌生感似乎是正常的，因為我離開了「兩年」，但我怎麼毫無我出國念書的記憶呢？我真的去了國外？

兩年前的話，我高中畢業了……

等等，畢業？我也沒有這段記憶啊。

現在還是上午時間，我爸媽應該正在上班，家裡只有我一個人。我走進自己的房間，不意外地看見它成了儲藏室。所有東西被整齊地、緊密地塞在一起，還覆著一層薄薄的灰，看來是很久沒有人動過。

好吧，至少我知道自己離家兩年，而且從沒回來過。

我翻出幾個放滿我物品的置物箱，先是把一身的衣服換回自己的，之後才坐下來開始好好研究那些雜物。我翻到了一本相冊，看來我還是個滿會交朋友的傢伙，有很多我和同學們出去玩的照片，時間聚集在高一、高二，但再之後的相片就越來越少了。

或許是沒洗出來？數位相機這時候已經不是奢侈品了吧？手機的照相功能也好很多……

我胡思亂想著，翻書的手勁有些大了，結果一張沒有夾好的照片就這樣掉出來，滑進床底。我伸手要去搆它，但身上的傷讓我的姿勢受限，我一邊哀哼、一邊往床底探進去——

「嗚！」

一道驚人的力量猛地箝住我的手，接著就是往床底拉。我嚇得驚呼一聲，但馬上反應過來，使盡全身力氣跟床底的那股力量拔河，最後終於成功把手——

「啊——！」

我慘叫一聲，清楚看到抓著我的，竟是一隻烏黑的手，還在我的腕上留下一道怵目驚心的爪痕。

我對著那隻可怕的鬼手狠踹了幾腳，在眨眼的那瞬間，它竟消失得無影無蹤。我驚魂未定抱著自己的手，隔了一會兒才發覺我原來已經拿到那張照片，只是此刻早被我揉爛成一團。

我扔下東西，不願再待在那個曾經是我的臥室的地方，走到客廳坐下來休息。我攤開那張照片，發現是一張三人合照，中間的人就是我沒錯，左右各站了一男一女，但臉模糊不堪，讓我認不出到底是誰。

當我翻到照片背面時，看到了左下角的註記，上面寫了時間以及兩個人名：**高業樺**、**林筱彤**。

他們……他們是……對了！他們兩個是我的好朋友，高中的時候就一直是三人組的狀態，關係親密得不得了。

但這兩人現在在做什麼？我居然一點印象也沒有。

我猶豫了半晌，最後決定拿起電話，撥出那個我牢記在腦海中的號碼。話筒那頭響了很久才終於有人接起。

「喂？」

「是我，張書暐。」

¤

「靠，你看起來像坨屎。」

「是啊，怎麼搞得這麼狼狽？」

才剛坐進咖啡廳沒多久，高業樺和林筱彤就出現了，然後用他們各自的調調來表示關心。服務生拿了一份菜單和水給我，這又回頭繼續忙著招呼其他客人。

「好久沒見了欸，你看起來瘦了不少，身體有沒有好一點啊？」林筱彤關切地問道，看我面露疑惑，這就續道：「你爸媽說你到南部的親戚家靜養了，不是嗎？」

「啊……是啊，之前身子是不太好……」這回我又聽到了不一樣的版本，看來我父母並沒向人透露我這兩年的真正去向。

「你個臭小子，休學都不講一聲，突然就消失了，打了電話也不接，一副要跟我們斷絕關係的樣子。現在突然找來要幹嘛？我跟你可不是朋友。」高業樺口氣不善地說道，但他從以前就是這個樣子，講話不怎麼親切。

況且他嘴上說不當朋友，但我一打電話，他就出現了。

我忍不住勾起笑，問起了他們的現況如何。不意外地，林筱彤上了大學，唸的還是傳媒那類的，說有朝一日想當主播。高業樺畢業後就直接進入職場了，因為不想再跟家裡拿錢念書，所以去當了某個倉儲公司的物流人員。但他說那只是暫時的，之後還要再找條件更好的工作。

「那你這傢伙又在幹嘛？無所事事了兩年？」高業樺一臉狐疑地問道。對於當初我一聲不響就離開校園的事，他似乎還耿耿於懷。

但這實在怪不了他，如果我的摯友一夜間就離開了，也沒向周遭的人清楚解釋自己的去向，更沒嘗試著和誰保持聯絡，我也會不高興，而且覺得事情不太對勁。

所以我的父母到底為了什麼事情，需要替我藏匿行蹤兩年？我知道我其實可以打一通電話給他們，把事情問個清楚，但我必須承認在我心裡有那麼一股恐懼，怕自己承受不住真相。

揮去那些混亂的想法，我避開了高業樺的質問，而是轉而說起了今天找他們出來的因由。

「我等等和你們說的事，確實挺靈異的，但我希望你們能幫我查清楚事情的來龍去脈。」

我把在樹林裡遇到小歡的事情稍作修改，說成了是一場非常真實的惡夢，而且更靈異地拿到了女孩的照片，看來對方是真的非常希望我能回去「找她」。我猜事情就像許多鬼故事裡的情節一樣，小歡祈求著有人找出她的屍首，好好安葬她，讓她能夠安息。

在聽完我的敘述後，高業樺和林筱彤都是擺出難以置信的神情，甚至像是在懷疑我精神錯亂。但我拿著的那張照片卻又那麼真實，讓他們無法全盤否定我的說詞。

「不過，你說的那個育幼院……樂善？嗯，我總覺得好像在哪聽過。」林筱彤竟是和我有一樣的反應，而一旁的高業樺思索了會兒，居然也點頭複議，說自己對這個名字不陌生。

「唉唷，這還不簡單，上網搜尋一下就知道啦。」高業樺說著說著就拿出手機開始輸入關鍵字搜索。

「啊！找到了欸！有這育幼院的新聞，上面說……」

高業樺說到一半就停了，推了推臉上的眼鏡，表情瞬間變得很肅穆。我跟林筱彤被他的變化弄得更加好奇，不住催促他快點把話說完。

「好啦你們別吵！讓我看完！」高業樺認真地看完網頁，然後長吁了一聲。

「沒想到你連撞鬼都能撞到這麼大條的，真不知道該說你厲害還是太衰。」

「別賣關子了！快說到底是什麼事！」林筱彤忍不住發難。

「我想我們都對這育幼院的名字有印象，應該是因為那個時候新聞一直在放送，尤其死的孩子們又跟我們差不多大，肯定讓家長都嚇個半死。」

「孩子們？」我注意到高業樺用的量詞不太對勁。

高業樺凝重地點點頭。

「十年前，這個樂善育幼院傳出可怕的連續凶殺案，短短一個月裡死了四個小孩，還有一個失蹤，但想也知道是凶多吉少。聽說幹這事的就是院長，那些小孩被他用翹棒活活打死。」

天啊，原來小歡不是唯一的受害者！

「更詳細的資料沒找到了，可能是十年前的東西沒有那麼普及地上傳到網路上，所以如果要更深入地探究，恐怕……」

「總有寫是哪個轄區偵辦的吧？或許可以直接去找警方詢問？」

「找警察？拿啥藉口啊？莫名其妙就跑去問十年前的案子，不會讓人起疑嗎？」

看高業樺和林筱彤已經很認真地討論起來，我突然覺得很欣慰。看來他們還是像高中時代那樣，小圈子裡只要有誰遇上了麻煩，其他人就會開始積極地幫他想辦法。

「不管怎樣，先去問看看警方那邊怎麼說，至於因由……嗯，因由……沒關係，去的路上再來想，我們趕緊出發吧。」我這麼提議道，他們也欣然贊同，於是查明了地點後，一行人就火速出發。

分局那裡聽到我們想要查詢十年前的兇殺案，雖然覺得莫名其妙，但最終還是替我們聯繫到了當年偵辦案件的其中一位刑警。畢竟是一宗駭人聽聞的案件，所以這位刑警對它還記憶猶新，也詫異怎麼事隔十年後，又突然有人要來關心。

刑警大哥端了一杯水給我，接著追問道：「少年仔，你說你要問樂善這個案子，是為了什麼啊？」

本來在路上我們討論過，要胡說自己是在做學校作業、要找專題題目之類的，但反覆檢驗了幾遍都覺得太容易被戳破。最後，我決定選另一個更鋌而走險說詞。

「這件事發生的時候，我才十一歲……跟那些孩子差不多大。」

刑警大哥困惑地看著我，我深呼吸了幾次之後，才將收在口袋裡的照片拿出來放在他面前。他端詳了一下照片上的女孩，接著便瞠目結舌地看著我。

「對，其實我就是在樂善長大的，只是殺人……事情發生的時候，我還不懂是怎麼一回事，後來又匆匆忙忙地被撤離，所以到現在依舊……依舊……」

那刑警大哥凝重地拍拍我的肩膀，我心虛地笑了笑，但在他眼裡看來可能是在故作堅強吧，同情的眼神更加濃烈。

接著，刑警大哥娓娓道來他所知道的案情發展。

十年前，樂善育幼院爆發一起駭人聽聞的連續殺人案，三十日裡相繼找到四名孩童被虐殺的屍體。然而案件之所以會一發不可收拾，竟是因為院方在第一時間沒有報警，而是選擇隱匿。

院長當時宣稱，育幼院已經面臨倒閉的問題，如果凶殺案的事情傳出去，樂善勢必會遭到強制關閉，也會害這些已經無家可歸的孩子，處境更加艱難。所以，他才會刻意隱瞞了最初幾起案件。

第一起案件發生時，院方還辯稱他們以為那只是意外。育幼院附近被樹林圍繞，地形複雜，偶有失足事件並不足為奇。直到接二連三找到曝屍在荒涼之處的孩子，他們才不得不承認事態已經失控。

於是在第五名孩子失蹤後，他們終於決定報警處理。

由於目擊證人的不可靠證詞，加上時間上的拖延，整起案件的偵辦陷入僵局。檢方最後起訴了院長，認為他就是真兇，才會沒在第一時間就做正確的處理。

刑警大哥告訴我，院長當然堅持自己是清白的，不過在上訴期間他就因病過世了，所以最終定案還是以他為兇手作結。

「沒有其他的嫌疑人嗎？我是指，除了院方人員。」

「嗯，我印象中好像有列了幾個，但詳細的內容我記不清了，你等等啊……」刑警大哥一邊說一邊將我們帶進了一個小隔間，隨後又帶了一整箱的東西回來。

「這邊有一部分的案件報告，還有一些應該是放在檢察官那邊，調過來的話比較麻煩，要等。不過啊，少年仔，你過了這麼久還想要查這案子，到底是……」

「小歡，她是我的朋友。警方一直沒找到她，對吧？我只是……只是放不下她，想要找出真相。」我這一步也是險棋，因為我根本無法確定小歡就是那第五個仍舊失蹤的被害人，只是就著我所得知的線索去推論，事情很有可能是這樣的發展。

果然，刑警大哥在聽到我說出了案件的詳情後，已經不再懷疑我的來歷，臉上的神情完全就是相信，我真的是當年在樂善育幼院長大的孩子。

「那你就自己看看吧，說不定能回想起什麼。」刑警大哥嘆了口氣，這就留下我們三人在小房間裡，靜靜地看著那一箱卷宗和證物。

我很快就沉浸在那些資料當中，也逐一拼湊起散亂的情節。

刑警大哥說的其他懷疑對象，指的應該是在那座樹林另一頭的精神病院。警方認為，這有可能是逃逸的精神病患犯下的罪刑，但清查後並沒有發現任何人員逃出，所以最終還是把矛頭指向下了錯誤指令的院長。

院長由始至終都堅稱自己是無辜的，警方也問不出最後一位受害者的屍體究竟藏在哪裡，於是案件就這樣以這位院長的病逝結案。在證物方面，那年代的蒐證基礎本來就比較差，加上前四個孩子的屍體都被埋葬，摧毀了不少跡證，可以說是一無所獲。

奇怪的是，那些發現屍體的院方人員表示，孩子陳屍的地點都很荒涼，很難想像孩子會自己跑去那種地方。他們到底是被誘拐到那裡殺害、還是被棄屍的，也無從考證。

我仔細看著那些卷宗，試圖從照片、筆記和口供中拼湊出一些線索。其中一則口供引起了我的注意。

那名輔導老師說，前四個孩子都是在下午的活動時間後失蹤的，但只有小歡是在當晚熄燈後才不見蹤影。

這表示，無論是誰在做這件事，肯定都讓孩子們無法察覺危險接近。而小歡的狀況更是能夠佐證，這名兇手一定是育幼院裡的人，才能這樣無聲無息地將孩子從床上拐走。

但院長真的就是兇手嗎？那他的動機是什麼？還有這些受害的孩子到底是隨機被選中的，還是被針對了？

我實在無法從這些資料裡看出答案，而且那些屍體的照片讓我看得越發難受，腦海裡一直有道聲音在嗡嗡作響，令人無法專心。

接著，我突然意識到，房間變得好冷。

我起身想找空調開關，但就這麼一步的動靜而已，房間的燈唰地黑掉。我反射性地轉頭看向僅剩的光源，卻看見一個巨大的黑影閃過窗前，爪型的影子撞擊在窗前的鐵欄杆上，刮出刺耳的聲響。

——鬼來了！被抓到會死！

我腦海裡突然響起小歡的這句話，下一秒整個房間像是被人「喚醒」一般，天花板上的燈管閃爍不止，桌椅也跟著瘋狂晃動，我甚至有股四面牆都朝我不斷內縮的錯覺，彷彿要將我吞噬。

我轉身想要逃走，但有股力量封住了門板，我竟是拉不動絲毫——

咚咚咚咚咚！

一連串撞擊聲猛地響起，像是門外也有一群人在奮力敲打著門板，試圖嚇阻我。我原本還渾身充斥著恐懼，但接二連三的異變不停摧殘著我的精神，猶如有人將一雙手伸進我腦子裡亂擰一通，讓我幾欲發狂。最後，當恐懼消失殆盡，我只剩下滿腔的憤怒，想讓這一切立刻停下。

「放我出去！」

砰！我的拳頭隨著怒吼一同落下，重重打在門板上。

驀地，所有事物都恢復寧靜，房裡的燈光也逐漸明亮起來。此刻的我已經是一身的冷汗，呼吸聲急促得像是剛做完百米衝刺，好一會兒後才鎮靜下來。

我輕輕扭開門把，房門外的走廊安靜得詭異。我像是劫後餘生般走出房間，正要轉身離去時，一隻手就拍上我的肩，嚇得我狠狠跳了一下。

「嘿，怎麼啦？你臉色好差啊！」林筱彤就站在我身後，一臉關切地問道。

但我只覺得有些生氣，忍不住就質問：「你們兩個跑哪裡去了？怎麼把我一個人丟在房裡？」

「給你查資料去了啊，混蛋。」

高業樺不耐地罵了一聲，伸手去摸口袋裡的菸，看來是癮頭又犯了。他從國中就開始抽菸，而且不管我們怎麼勸，他就是不肯戒掉，還越抽越兇。

「我們剛剛去找那間育幼院的資料了，可是不知道為什麼地址查出來，google map居然顯示在一片綠油油的森林裡，附近還都沒有路可以進去，超奇怪的。」林筱彤在一邊答腔道，拿出手機翻拍的地圖照片給我看。那地標果然坐落在山裡，空照圖看下去也沒有任何道路可以通入，像是與世隔絕。

看到這樣匪夷所思的狀況，我們三人也討論不出什麼結果，最後只能再去向那位刑警大哥詢問。對方聞言後解釋道，是因為在案件後發生了幾次土石流，舊有的道路崩塌了，後來又另闢了一條新的路線，所以現在想要開車上去應該是不可能了，大概只能靠步行的。

「少年仔，你該不會是想一個人去那裡吧？」刑警大哥有些擔憂地問道，尤其在看出我心虛的眼神後，立刻續道：「那邊已經荒廢很久了，又沒有路直通，可不要一衝動就跑上山啊！」

雖然我一再保證自己不會貿然上山，但刑警大哥就是一副不相信我的樣子，最後我敵不過他的熱心關切，只好留了通訊方式給他，讓他可以隨時打電話來查勤。

只不過，一離開警局後，我做的第一件事情，就是開始籌劃如何去廢棄的育幼院。我離家這段時間，我爸媽並沒有取消我的帳戶，所以我領了錢之後就找了間網咖窩著蒐集資料。

我不想回家，因為我有預感如果被我爸媽碰上了，他們肯定會將我送回我這兩年來待的地方。我還有好多疑問未解，而且答應了小歡的事，我也不想輕易放棄，所以這一趟，我非去不可。

事前準備其實沒花上多少時間，兩天後我就敲定了行程。意外的是，林筱彤和高業樺堅持要跟我去。雖然我的這場「夢境」和他們一點關係也沒有，但他們很擔心我一個人行動會出什麼意外，所以不顧我的意願就跟上了。

樂善所在的那座山挺高的，山勢倒不算陡峭，有大半的路途還是能夠靠交通工具上去。另外我還發現，那邊是某個登山社團的路線之一，雖然路線的終點站在另外一座山，但中途會經過，所以表示應該是有路可以走的。

坐著車子到了最接近的地方下車後，我們三人有些緊張地開始深入林區。好在跟我所預估的一樣，那裡是有人跡的，沿途走了很大一段都是修葺過的棧道，省了不少力氣。不過到了下午時，我們還是遇上了難題，那就是接下來的路就岔開了，但我們卻無法肯定哪個方向才是正確的。

就在這時，我隱約聽見前方有些人聲傳來，我加緊腳步順著棧道找去，幾分鐘後終於和那行人碰頭。

那是個三人小隊，兩男一女，風塵僕僕的樣子看來是已經行走了很大一段路。他們的裝備比我這種遊客專業多了，身上背的道具一應具全，是專業的登山隊伍。為首的男子比我大一些，頭上綁了一條醒目的紅色頭巾。他看見我在棧道的另一頭望著他，這就友善地揮手招呼。

經過一番自我介紹後，得知這位帶隊的王皓通和他兩個隊友，剛從另一座山下來，準備結束這一趟為期四天三夜的登山活動，與上山的我正好是反方向。

「你說的這個地方，我們知道欸……之前那誰，阿凱？他好像說自己走錯路，結果走到一棟廢墟……」聽完我的描述，王皓通馬上招呼他的隊員一起過來討論，對著我的地圖比手畫腳。

「這樣跟你講，你會走嗎？從這邊過去沒有便道哦，要自己開路。」王皓通有些擔憂地問道，看我的表情就是很沒把握的樣子，他立刻續道：「我看我們帶你過去好了，不然到時候搞成山難，還要找人來救你，多麻煩。」

「我們帶他過去的話，說不定沒辦法趕在天黑前下山啊。」那女隊員聽到王皓通這麼說，隨即對這個決定發出不滿的抗議。

「那就在那邊過夜啊，吃的還剩很多，絕對夠撐一個晚上。」王皓通的態度就是挺無所謂的，而且一指我續道：「他看起來就沒有上山過夜的經驗，放他一個人到處跑太危險了，反正我們就當是去開發新路線的嘛……好吧，如果你們不想走這趟，那就我帶他去就好了，你們先下山吧。」

另外兩人明顯不太喜歡隊長的決定，但又不想放隊長跟著陌生人走，所以最後還是決定默默跟上我們，一同朝廢棄的育幼院前進。

「嘿，你要去那個地方做什麼啊？」

「啊……學校的專題，跟育幼院相關的。」

「對哦，你說那廢墟本來是間育幼院……但都已經廢棄了欸，還要研究喔？」

「就是去看看有沒有留一些資料這樣，我也只是先來替教授探路而已。」

很健談的王皓通這就和我閒聊起來，顯然是一點戒心也沒有，對我那種毫不可靠的說詞通盤接受，沒想過要懷疑我的動機。不過大概也是因為他們一隊有三人，又對山路熟悉，我們這方實屬弱勢，不太可能對他們造成什麼威脅性。

這一路走上去還是挺累的，尤其我意外驚覺自己的體力居然這麼糟糕，爬不了多少坡就必須稍做休息。似乎是在這兩年間我都沒怎麼運動，雖然人還是瘦的，卻是不健康的消瘦，肌力、耐力都差得可憐。

而且，我頭痛的頻率越來越高了。這幾天我都持續在這種偏頭痛的狀況下，我還買了止痛藥來吃，但一點用也沒有，甚至讓我變得有些暴躁，對聲音敏感到不行，一點細微的動靜都能驚嚇到我。

看來「身體不好所以返鄉養病」的說法不是空穴來風，我這段期間可能真的在哪裡靜養吧？不然在我印象中，自己在高中時代的體能挺不錯，對這點程度的運動絕不會感到疲倦。

這一路就在王皓通幾人的閒聊、高業樺對我的體能猛嫌棄下，終於到了目的地：樂善育幼院。

我瞇眼看著那棟屋子，視線逐漸上移，最後望向那日我沒注意到的二樓。

抱著布偶的女孩探出窗口，朝我揮揮手。

那棟屋子看起來還是如此蕭索，但這次我不是孤身一人，所以少了點陰森的氛圍。不過，我們到的時候，太陽已經快要下山了，氣溫驟降，讓一身汗的我們都不住打顫。

「哇塞……這裡還真不是普通的可怕欸……」王皓通用近乎讚嘆的口吻說道，他身後的隊員也十分認同地點點頭。

我們一行人走進屋內，大家有默契地壓低音量，像是怕驚動了什麼。我刻意走在隊伍最後，不想表現出熟門熟路的樣子，免得引起懷疑。然而，打從走進門的那一刻起，我就有股自己被人監視的感受，彷彿有什麼東西就躲在陰暗處窺視著我，相準時機就會將我拿下。

驀地，我感覺手心傳來一陣冰涼。我深吸了一口氣才緩緩將視線下移，果然看見小歡一手牽著我，安靜地走在我身旁。我從這個角度可以清楚看見她後腦杓上的慘狀，一股噁心便湧上喉頭。但我努力忍下了，也沒把手甩開。

「好吧，看起來是恐怖了點，但房子還滿牢固的，晚上就直接在屋裡過夜吧。」王皓通和隊員做完溝通後便下了如此結論，看來他們也樂得不用露宿野外。「大家就各自去晃晃吧，但不要走太遠啊，天很快就要黑了。」

王皓通說是要找找附近有沒有水源，所以帶著隊員就出去外頭闖天下了，我們這邊的三個人都對山勢不熟，自是不敢像他們那樣隨意走動，這就待在屋子裡做室內探險。

想起那日被奇怪的影子追殺，我如今還心有餘悸，此時再看後院的那片廣場，一股不安便爬上我背脊。但小歡這時卻是牽著我又要往那裡走去，我也只能強忍著恐懼，隨她穿越廣場。

那些木製的遊樂器材在日曬雨淋下，一個個嚴重腐朽、崩解，蔓生的植物成了它們的裝飾，將它們與土地融為一體。林筱彤和高業樺似乎沒注意到我離開屋子，各自隱身在棄屋的某一隅，於是我便壯了膽子和小歡溝通起來。

小歡聽完我述說了關於樂善所發生的慘案，這便悄聲說道：「老師說，他們是不小心走丟的，還叫我不要亂講……可是，我明明就看到鬼抓走他們。」

「妳是說……捉迷藏的另一個『鬼』？」我依稀想起上次小歡說的話。

「對！大家在玩捉迷藏，可是有兩個鬼！」

對於小歡有些顛三倒四的說詞，我也是想得挺頭痛，弄不清她想表達什麼。不管怎麼說，都是「人殺人」，怎麼會有「鬼殺人」這種事？應該只是小女孩看到行兇過程，覺得太過可怕，所以才將兇手理解成「鬼」一般的存在吧？

但如果真是如此，那日在樹林裡追逐我們的，究竟是什麼？

還有，此刻在我面前的小歡，不就是鬼魂嗎？鬼魂，說不定真的有致人於死地的能力？

不知不覺間，我和小歡走到了廣場的邊緣。這時，一道強烈的視線投射過來，我跟小歡同時回頭，就看見樹叢間有個高大的人影，一雙眼睛正狠狠瞪著我們，用力到似乎要溢出血來。

「啊——！」小歡發出驚恐的尖叫，對方彷彿將此視作信號彈，縱身躍出樹叢朝我們直逼而來。我和小歡拔腿就跑，又一次落入被人追殺的可怕輪迴。

但這一次，我不想再如此被動了。一股我也不知從何而來的怒意讓我停下腳步，轉身與那鬼影正面碰上。那個影子火速朝我逼近，這時我才看清他是一道半透明、煙霧一般的人影，我隱約能透過他的身子看見後方的樹林。

但鬼影的攻擊卻是十分紮實的，絲毫不像幻覺。當他一拳朝我的臉揮來時，我可以清楚聽見刷過耳際的風聲；他的踢腳正中我的身子時，爆出的疼痛感足以令我窒息。

我們在草地上扭打起來，但鬼影的力量遠大於我，我從一開始就處在弱勢。我只能靠著竄流全身的腎上腺素扛下他的攻擊，強迫自己的反應速度再加快，不要這麼容易就被他解決。

然而，我最終還是選擇了逃跑，因為我知道我根本打不贏他，所以一逮到空隙便翻身逃竄，試圖掙脫他的魔掌。

是我太天真了，居然妄想和一個非人生物較勁。

我被鬼影追到一座古井旁，他將我強壓在井邊，試圖把我推下去。我使盡全力抵抗，卻發現呼吸越來越困難，隨即才驚覺自己早已被鬼影掐住頸子。

隨著灌入肺部的氣體越來越少，我的大腦也跟著缺氧，意識不受控制地模糊了起來。我的視線裡只剩下那雙血紅的眼睛，那畫面像是要狠狠烙印在我腦海一般，越來越近——

我榨乾身體最後一絲力氣，反手抓住鬼影，接著任由自己向後栽倒，打算將他一同拉下古井。但就在即將摔落前的那一刻，鬼影竟是放開手，讓我能夠再次呼吸。

然後，我獨自摔入井中，身體無助地被向下拉扯，直到濕冷、黑暗與恐懼將我完全吞沒……

Scene 5：江湖裡臥虎藏龍，人心裡又何嘗不是呢？

「五、四、三、二——」紀子丞噤了聲，在倒數最後一秒比了一個手勢，攝影機便開始拍攝。

項陽坐在一個小房間中，桌上放滿了照片、檔案、證據等道具，攝影機架在窗外，從欄杆的縫隙間照了進去，把他的一舉一動都拍進了畫面裡。

這一幕演繹的，是張書暐在警局裡獨自翻閱著舊卷宗，沒有什麼台詞，同樣是一整段都只有表情上的變化。項陽每次遇上這種戲份就覺得胃痛，但偏偏張書暐就是這麼愛沉思，所以有很大的機率會碰上類似情景。

他翻看著桌上那些凶殺案的照片，只能佩服道具組太強大。那些照片以假亂真，弄得他都有些不舒服了，草草瞥過後又放下，再假裝很有興趣地對其他卷宗和檔案夾摸幾把，最後神情凝重地拿出了放在口袋裡那張小女孩的照片，一副若有所思的模樣，像是陷入了什麼不好的回憶中。

這個段落，紀子丞給的劇本裡描述不多，所以項陽也不清楚要演到何時才收手，只好繼續對著滿桌子的東西發愣，到了後頭他都開始有些走神了，也不見導演有任何指示。

「卡！」紀子丞驀地喊了一聲，項陽這才驚覺自己剛才真的在發呆，瞬間知道自己大難臨頭，這就準備要迎接導演的痛罵。

但紀子丞就只是默不作聲地看著螢幕重播方才的畫面，沉吟良久後才開口道：「感覺少了點什麼……」

「嗯？」項陽趕緊走到窗前，要聽紀子丞進一步的說明，對方卻遲遲沒再往後說下去，讓他一頭霧水地杵在那裡不知道如何是好。

末了，紀子丞從導演椅上起身，對項陽道：「你先等等，我跟副導討論一下。」

紀子丞這一走，旁邊的攝影師就抓緊機會喘口氣去了，而且這場戲本來就沒多少工作人員，其他人見狀也不約而同散開，現場便剩下項陽一人。項陽不知道導演這一去要多久，自是不敢到處亂跑，所以乖乖地待在小房間裡稍作休息。

過了一陣子，也不曉得是從什時候開始的，項陽忽然感到房間的溫度有點低，讓他寒毛直豎。他起身想找空調面板，但才剛走到門邊，整個房間就突然暗了下來。

他嚇了一跳，隨即感覺到有道強烈的視線對準自己後頸，反射性地一轉頭，結果竟看見一個龐大的黑影從窗前一閃而過，還狠狠刮過窗前的欄杆，迸出零星火花。

不待項陽反應過來，他頭上的電燈便開始不住閃爍，弄得他根本看不清楚房裡和窗外到底發生什麼事。緊接著，那些擺滿道具的桌子居然自己狂震起來，桌腳不停撞擊在地上，聲音雜亂得像是一群人狂奔而過，桌上的東西全被弄得東倒西歪，照片也到處飛散。

項陽被這突如其來的異變弄得冷汗直流，轉頭就要衝出房門，但整扇門竟像是被人焊死了，不管他怎麼拉扯就是不動如山。他正想拍打門板引起注意，外面就起了騷動，一連串的撞擊聲毫無預警地襲來，如同好幾十人在同時捶打，想要破門而入。

按照以往，項陽這時候應該已經嚇個半死了，很可能就是抱著頭縮在角落，祈禱這場惡夢快點結束。但這一回除了恐懼，他竟感到一股無法解釋的憤怒。

閃爍的燈光、震動的桌椅、還有吵雜不已的拍打聲，這一切疊加在一起，竟讓項陽沒來由地覺得光火。於是，他做出了一個從前的他絕對不會有的反應。

「放我出去！」項陽怒吼道，狠狠捶了門板一拳。

就在一瞬間，所有令他焦躁不已的異象通通停了下來。房間又恢復正常，安靜得能清楚聽見他急促的喘聲。

項陽這時總算恢復冷靜，定眼再看身邊的一片狼藉，一陣不安便悄悄爬上他的背脊。他也不知道自己為什麼突然那麼生氣，而且發洩完火氣後絲毫沒有讓他覺得舒暢一些，反而是更加不舒服了。他伸手轉開門把，原本阻擋著他的門就輕鬆地打開了，頓時令他覺得方才那幾秒鐘的經歷只是場錯覺。

他緩緩推開門，探頭就看見走廊另一頭的紀子丞正一臉嚴肅地在和副導討論，看來對於他被困在小房間裡的事毫無知覺。

紀子丞似乎是感受到項陽的視線，這就轉過頭回以疑惑的眼神。

「紀導，我補個妝，好了再跟我說。」項陽乾笑著道，紀子丞也沒多想什麼，揮手表示知道後又回頭繼續處理自己的事，一點也沒察覺項陽的異樣。

項陽一抹滿臉的汗，心想這下子還真的得去補個妝沒錯，拖著蹣跚的步伐走進臨時區隔出來的休息室。沒想到，他才一開燈，眼前的景象就讓他愣住了。

所有人的位置都被翻倒，東西也散落一地，亂得像是被人搶過。但讓項陽錯愕的是，座位前豎起的鏡子居然被弄得面目全非，不僅像是有人朝鏡面捶了一拳害鏡子迸裂，上頭還有著暗紅色的不明塗鴉，令人毛骨悚然。

但被如此破壞的鏡子，只有男主角位子前的那一面。

項陽站在門前良久，沒有立刻叫喊，因為他不曉得眼前的狀況到底是怎麼回事。

其實，打從開拍以來，他就頻頻發生一些怪事，例如物品失蹤或損毀，但因為並沒有嚴重到足以困擾他，所以他也沒多說什麼，權當作沒發生過。

他也想過，是不是因為他們拍攝的電影主題有點靈異，所以片場才會跟著有些異狀？這在演藝圈裡是很常發生的狀況，大抵就是讓劇組再好好做一次祭拜之類的儀式便是，不需要太大驚小怪。

可是項陽總覺得有些事件是衝著他而來的。就像方才他被困在小房間的事，已經不是頭一次，只是以往還沒到那麼厲害的程度罷了。他偶爾也會遇上在拍獨角戲時，覺得有人在窺視，或甚至看見黑影閃過，讓他惴惴不安。

想到此處，項陽免不了又憶起第一天試鏡的情形。

項陽也懷疑過這該不會又是紀子丞搞的鬼，但轉念一想又覺得導演應該不至於無聊到這種地步，意圖把他家男主角嚇出病來。況且，先前試鏡的時候也只是為了製造氣氛，才弄出那種嚇人的橋段，和破壞個人物品這種舉動一比，根本找不出什麼相關性。

項陽不想去細究這些事到底是人為，還是靈異事件。因為如果是前者，他就得懷疑是劇組裡的某人對他如此不滿，背地裡幹這種粗劣幼稚的事；假如是後者，那他很肯定自己的小心臟絕對承受不起好兄弟們如此愛戴。

算了，找時間去一趟行天宮收驚好了。項陽有些哀傷地這麼想著。

他做了幾次深呼吸後才走上前檢查自己的位置，雖然袋子裡的東西全被倒了出來，但看起來是沒少了什麼。接著，他伸手去摸鏡子上的塗鴉，鼓起勇氣把沾了色的指尖湊近一聞，欣慰地發現竟然是有點熟悉的化妝品香味，顯然不是什麼來源可怕的塗料。

「天哪！這裡發生什麼事了！」白妍昕一踏進休息室就先驚呼了一聲，跟項陽一樣衝上前檢查自己的隨身物品。

白妍昕這麼一嚷嚷，不少人都湊過來查看，也被現場的慘狀給震驚了，各家藝人的助理也都趕緊上前幫忙收拾殘局。

「噯，誰把我的口紅弄成這樣的？我才剛買呢……」白妍昕撿拾著那些從她化妝包裡被倒出來的化妝品，看到口紅斷了一大截便心疼地抱怨著，結果一抬眼看見項陽位置前的鏡子，立刻露出了詫異的神情。

「有人拿我的口紅畫的？」白妍昕難以置信地問道，想當然是沒人能回答這個問題。而受害的項陽也只是無奈地笑了笑，還說他可以買一支新的還給白妍昕。

這樣的插曲在劇組裡造成了不小的騷動，甚至有人想要報警，但項陽很快就把它拋到腦後了，尤其下戲之後他還要趕著去上課，可沒多少心力可以耗費在這種事情上。

當晚，在他馬不停蹄地過完了這一天，拖著疲倦的身子走出上課的大樓時，一道熟悉的身影就這麼走過他面前。

「妍昕？」

聽到喊聲，白妍昕一轉頭，這就與項陽對上眼。

「真是太誇張了，怎麼又遇上你了呀！我剛剛在跟廠商談代言。你呢？怎麼會在這邊？」白妍昕笑著上前和項陽寒暄。

「我來上課。最近在學新的舞風。」項陽也很詫異自己會在片場外碰到白妍昕，重點是，這已經是這個月以來他第三次偶遇對方了。他們兩人的行程似乎很有默契地排在了一起，讓他們總在同樣的場所相遇。

「好累啊，又要拍戲又要學舞，你們公司怎麼這麼操你？」白妍昕笑問。

項陽聞言也哂然應道：「也還好啦。而且跳舞是我的興趣嘛，能名正言順花公司的錢跟名師學舞欸！我可不能浪費了這麼好的機會啊！」

兩人就這麼閒聊了幾句，白妍昕驀地問道：「項陽，你等會兒還有事嗎？」

「沒有，忙一整天了，再不回去休息，我明天的戲肯定邊睡邊拍！」

「那你吃晚飯了嗎？我知道一間不錯的小店，就在這附近而已，一起去吧？」

聽到這樣的提議，項陽也沒多想什麼，心道就是跟劇組的人一起去吃頓飯罷了，很乾脆地就答應了對方的邀約，甚至也沒想過需要跟經紀人報備一聲。

這頓晚餐很快就結束了，兩人也相談甚歡。項陽覺得白妍昕是個挺好相處的女孩，總是很開朗健談，有她在的地方，氣氛就能變得很活潑。而且，因為她也才剛出道不久，似乎滿能體會項陽的辛苦，常常會在下戲後主動關心他、替他加油打氣。

但不曉得為什麼，項陽卻直覺地不敢和白妍昕太過親近。按理說這麼漂亮清新的女孩，大家都會想要與她交好，項陽卻沒來由地有點畏懼對方。

況且，如今身在演藝圈中，交朋友這件事不像求學時代那樣簡單，人與人之間總有利害關係。項陽是有點單純，但也沒天真到覺得大家都是可以推心置腹的對象。

由於時間已晚，項陽一直陪著白妍昕直到她的經紀人來接她，兩人才在路口道別。白妍昕道別前還給了項陽一個熱情的擁抱，之後才開心地上車離去。

此時，尚不知道自己大難臨頭的項陽，還很悠哉地搭上了捷運，像個通勤的上班族般踏上了回宿舍的遙遙路途。當他回到住處時，光是站在門口，就已經察覺到一股不太妙的氛圍，尤其再看到門邊放著一雙陌生的長靴時，內心的不安立刻飆升到最高點。

項陽戰戰兢兢地解開密碼鎖，一推門進去就看到頭頂籠罩著一股低氣壓的蔡晨梓，翹著二郎腿、一臉兇狠地坐在小客廳的沙發上，不發一語地瞪著他，簡直像是要把他的臉給看穿一個洞。

那幾個和項陽同房的練習生跪坐在地上，看到事主回來，通通露出鬆了一口氣的神情，但緊接著卻又給了他一記憐憫的眼神，最後一個個躡手躡腳地溜回自己的房間，還很有默契地上了鎖，一副今晚不打算再踏出房門的樣子。

蔡晨梓這時輕輕拿起某位練習生給她泡好的茶，慢條斯理地喝了一口後才開口問：「項陽啊，你的手機在哪呢？」

「手機？」項陽一頭霧水地翻起了自己的背包，把手機拿出來後才驚覺大事不妙。

「有帶手機啊？那怎麼打給你都沒接呢？我還讓那幾個小朋友都輪流打了幾回，想說你到底是拒接我電話呢，還是故意搞失蹤呢，還是——」

「晨姊，對不起，上課的時候把手機關了靜音，結果忘記調回來了！」項陽看見訊息顯示著五十通未接來電，嚇得心跳都要停了，這就趕緊出言解釋，而且立刻追加道：「我絕對沒有要搞失蹤！我只是下課後去吃個飯而已，接著就馬上回來了！」

「哦，只是吃個飯啊？那晨姊問你，你怎麼會吃飯吃出這種事來呢？」

蔡晨梓邊說邊拿出了平板，把螢幕亮給項陽看。

項陽愣愣地看著螢幕上的數張照片，幾秒後才反應過來是怎麼回事。

「你個死小子，毛還沒長齊就給我學會搞緋聞！你要破你師兄們的紀錄了啊！」

蔡晨梓破口大罵，衝上前捶打項陽，於是小鮮肉被王牌經紀人捶成了鮮肉餅。

身為企業龍頭，J. C.自己沒培養幾個專用的狗仔隊那是不可能的，在各大媒體也有安插了自己人，方便取得最前線的消息。身為王牌經紀人的蔡晨梓，當然和這些暗樁有著密切往來，不用等到新聞報出來，她都會比那些報章雜誌的編輯還早收到風聲。

不到半個小時前，也就是項陽剛和白妍昕道別後沒多久，蔡晨梓就收到了一份八卦新聞的草稿，上頭的主角赫然就是她家的小鮮肉。斗大的標題沒什麼新意，照片卻拍得很清楚，通通是項陽和白妍昕「私會」的特寫，兩人還狀似親密地摟抱，完全就像一對小情侶。

項陽看到那些照片也傻住了，有種照片上的人不是自己的恍然感，若不是知道照片內景象的真正來由，連他自己都要被那種唯恐天下不亂的取景給騙了。

「晨姊，對不起，我不知道事情會變成這樣……」被蔡晨梓狠狠教訓一頓後，項陽馬上一臉哀痛地道歉。

蔡晨梓發火完後就立刻恢復冷靜，很嚴肅地問道：「你怎麼會跟她見面？你們特地約的？」

「沒有，是碰巧遇上的，如果有事先約，我一定會跟妳說的……」

「嘖，這下還真撞上一個煞星。」蔡晨梓啐了一口，隨後拿起手機打給公關部的人，說了一堆項陽也聽不懂的話，只感覺像是在叫罵什麼，持續了五分多鐘後才掛斷。

項陽等蔡晨梓掛了電話，隨即問道：「晨姊，我是不是……闖大禍了啊？」

蔡晨梓短嘆一聲才應道：「倒也沒那麼嚴重啦，因為被拍到的對象和地點都還算正常，況且又是軋同一部戲的，對作品來說是種人氣炒作，其實並沒有什麼負面影響……

「可是，我們本來就沒打算這樣操作小丞的戲，對你也有別的安排，結果這下子……煩！就說聚盛的那個老傢伙肯定不懷好意，到底去哪搞來這小女生……完蛋，小丞知道這件事肯定要氣炸，我最好現在就去給他搓頭！」蔡晨梓說到後來已經變成在自言自語了，扔下項陽轉身離開。

項陽緊張地跟在後頭追問道：「晨姊！那現在要怎麼辦？我……我需要做什麼嗎？」已經穿好鞋子衝到電梯前，蔡晨梓凝重地搖搖頭。

「沒怎麼辦！因為這事情還沒完呢！把皮給我繃緊一點，等我消息！」

聽到蔡晨梓這番告誡，項陽頓時被嚇得腦子一片空白。

身為藝人，不出點緋聞是不可能的，只不過這件事來得有點太早，又太出乎意料，項陽根本不知道該如何應付。一想到自己的名字，會出現在明天的八卦小報上，項陽就冷汗直流。沒有負面影響，至少經紀人是這麼說的。項陽也只能這樣安慰自己，祈禱這件事快點被其他更勁爆的新聞壓過。

事與願違，蔡晨梓告訴他事情還沒完，正是因為緊接在後天，他即將要上一個綜藝節目——跟他的緋聞對象一起。

他們拍攝的電影其實有很多場景不是在攝影棚內，而是遠在山間一座廢墟中。且不提紀子丞到底是怎麼找到那種地方的，總之要把整個劇組帶上山的話，有滿多事前作業必須先完成，所以前面這段時間，他們大半都在儘量趕拍棚內、或一般市區的場景。

但因為聯繫工作出了點問題，延宕到後面的行程，導致他們大概要晚一週才能上山。所有人都抓緊這多出來的一週當作難得的休息日，準備好好充電完畢後上山應戰。

可惜，經紀公司沒把這多出來的七天當成藝人的假日，尤其是對曝光度還稍低的項陽來說，這正好是可以拿來上通告做廣告的好機會，不由分說替他安排了不少上節目的行程，讓觀眾能在電影播出前，就先好好認清楚這位男主角。

項陽後天要去的，是個知名綜藝節目。他要參加什麼主題其實不重要，反正就是去當客座嘉賓，只要開場的時候打招呼笑一笑、中途配合主持人的發言笑一笑、結束時再對觀眾笑一笑，如此簡單。為了怕他形單影隻，氣場太弱，製作單位安排了白妍昕和謝璟陪他一起去，就算是順便給新電影做宣傳。

本來項陽沒什麼被聚焦的理由，純粹是去亮相而已，但現在多了個「緋聞」，讓人很擔心主持人會不會刻意挑起事端，結果讓大家轉移對電影本身的關注。

果然，一到了現場，項陽幾個人都還沒來得及坐下，主持人就已經迅雷不及掩耳地扔出一連串尖刻的問題。

「我聽說，好像有什麼『假戲真做』的事被爆出來啊？是不是男女主角拍戲拍出了『真感情』呢？唉唷，年輕人就是這麼熱情啊！」

「呃，其實我們這部電影裡沒有戀愛元素……」

「我沒有要聊電影喔！我想要聊八卦！」女主持人顯然完全不想聽項陽的解釋，繼續火力全開地調侃男女主角。

「劇組的大家感情都很好。」項陽已經不知道該怎麼做回應了。

沒想到，一旁的白妍昕不打算澄清就算了，還不時配合著女主持人的說詞嬌笑，甚至對項陽投以害羞又愛慕的眼神，弄得簡直就像兩人真的有那麼些曖昧情愫在，只是不好意思在螢幕前公開而已。

項陽被整得無話可說，絕望到想乾脆衝到攝影機前大跳脫衣舞轉移注意力，最後還是經驗較豐富的謝璟跳出來把話題巧妙地轉移，外加導播指示主持人要回到節目主題上，這才讓項陽逃過一劫。

等到中場休息時，再也隱忍不住的項陽，把白妍昕拉到一邊，鼓起勇氣將問題扔出來。

「妍昕，妳到底為什麼要做這些事？」

項陽並沒有要指責白妍昕的意思，他純粹是感到困惑，無法理解對方為什麼要做這些事。難道是他在拍戲時，有做出什麼不恰當的回應，所以讓對方誤以為自己對她有特殊的感覺？但他不覺得兩人私下的相處，有像剛剛在節目上呈現的那樣曖昧啊？

而且，那日被狗仔偷拍的事也十分匪夷所思。蔡晨梓告訴他，他們公司的狗仔隊探聽出來，拍那些照片的傢伙，是老早就收到「消息」去那裡蹲點的，所以也只有那一家媒體獲得獨家報導。問題是，項陽那晚和白妍昕聚餐，完全是臨時起意，怎麼會有人預先知道？

被項陽如此質問的白妍昕沒有馬上回應，而是看著對方良久，最後冷笑一聲。

「看來，你是真的不知道啊……」

「不知道什麼？」

「不知道自己幹了什麼好事！」

白妍昕突如其來的怒吼讓項陽驚呆了，沒想到一個看似甜美的女孩發火起來會如此嚇人。

勃然大怒的白妍昕甩上門，讓兩人被隔絕在小房間中，接著繼續破口大罵道：「真不知道紀子丞究竟看上你哪一點！你到底哪裡比得上我了？什麼都不知道、什麼都不會、就等著別人來教你……像你這樣遲鈍的蠢材，憑什麼搶走我的角色！」

「慢……慢著，妳在說什麼？我怎麼會搶了妳的角色？」雖然平常紀子丞也是翻臉比翻書快，項陽也都快習慣這種情緒炸藥了，但白妍昕這種瞬間從淑女變成潑婦的反差真是讓他目瞪口呆。對方嘴裡罵的話聽起來也很莫名其妙，讓他不知道該如何是好。

白妍昕哼了聲，神色不耐地解釋：「早在試鏡之前，我家老闆就打聽到紀子丞要拍新電影的事情，所以跟你們老闆談好了合作和贊助，也要求要用到我們家的藝人。那時候我們想辦法要到了腳本的草稿，看完後就敲定了女主角必須由我來演出，紀子丞最後也答應了。沒想到，等我收到正式的腳本時，一切全都跟當初說好的不一樣！

「這故事本來是女主角為主軸的啊！結果呢？戲份居然全跑到『新的』男主角身上！一開始的腳本裡根本就沒有這個角色啊！而我拿到的，就只是個掛名的女主角，就連那演鬼的丫頭，畫面都比我還要多！」

頭一次聽到這樣的內情，項陽只能瞠目結舌地看著白妍昕，一句話也說不出來。後者看見他又是那一臉不知所措的樣子，滿腹的怒火燒得更加旺盛。

「這本來應該是『我的』角色、『我的』戲份、『我的』成名作！要就此一炮而紅的人，是『我』才對！你憑什麼搶走！憑什麼啊！」白妍昕歇斯底里地吼完這一串話，眼神兇惡地瞪著項陽，期待對方會因他這一席話而挫敗。

然而，項陽只是短嘆一聲，接著淡淡地說道：「妍昕，這部電影，本來就不是『妳的』。」

「你……你說什麼？」

「我沒有從妳手上搶走什麼，因為這部電影從來就不屬於妳，也不屬於我啊。」項陽有些哀傷地看著白妍昕，像是在憐憫。

「不管是劇本、我們這些演員、還是最終的成就……這些都該歸給紀導。因為，沒有他，就沒有這部電影，不是嗎？」

這回，換白妍昕露出不可置信的神情。她想過項陽可能會沮喪、崩潰，更可能會惱羞成怒，但她卻沒料到他會如此冷靜，甚至還說出這種教誨似的言論，像是要試圖開導她。

於是，先崩潰的人，是白妍昕。

「你這傢伙，別太無理取鬧了啊！」

項陽真想回嘴到底誰才在無理取鬧，但他不打算和白妍昕爭吵，因為那一點意義也沒有。

可是他也看得出來，白妍昕沒有要善罷甘休的意思，好像挑起了爭端後就非得要對方也加入戰局，還不打算接受講和的選項。

就在項陽已經無計可施、白妍昕戰力滿點準備出擊時，房門非常即時地打開了。站在門外的謝璟的表情像是對房內的事毫無知覺，很自然地說道：「導播說十分鐘後開錄，該準備了。」

白妍昕聞言立刻擺出假惺惺的笑容，就這樣若無其事地走出房門。

待白妍昕走遠，項陽也跟上謝璟的步伐走回攝影棚，然後驀地開口道：「謝了。」

「謝我什麼？」

「謝謝你的『即刻救援』啊。別說你是剛好經過那裡的。」項陽露出淺笑。

被戳破的謝璟也沒多解釋什麼，無所謂地一聳肩。但幾秒後他還是忍不住出聲問：「你不生氣嗎？」

「生氣？不會啦，我可以理解妍昕為什麼要對我發飆。說實在的……她這樣子，挺可憐的。她想質問的對象是紀導，可是她不敢，所以只能把不爽的情緒發洩在我身上。但她這麼做其實一點用也沒有，因為她真正在意的對象還是不知道她的想法，她的火氣也不會真的消除。」

聽到項陽的說詞，謝璟停下腳步，口吻裡略帶火氣地追問：「所以，你一點也不介意被她當出氣筒？有什麼理由需要對她這麼好、這麼忍讓？」

「但也沒有理由對她壞啊。」

項陽看見謝璟臉上詫異的神情，先是有些憨直地一笑，接著問道：「你有沒有看過一部叫做《讓愛傳出去》的電影？」

見謝璟搖頭，項陽續道：「故事是在說，男主角，一個叫Trevor的小男孩，他的社會科老師出了一份作業，要學生們『想辦法改變世界』。於是他決定不求回報地幫助三個人，然後希望這三個人也能做一樣的事情，把這樣的善心擴大出去。如此一來，總有一天，這世界上需要幫助的人，都能收到來自他人的善意。

「要對一個人壞，有太多種理由，但對一個人好呢？我一直在想，如果我能對身邊的人好一些，讓他們也能對其他人也友善一點，或許也能讓樂觀、喜悅這些情緒傳遞出去。哪怕我遇上的十個人裡，只有一個人被我影響，但只要他能跟著對另外十個人好，也算是改變了一點這個世界，是吧？」

項陽頓了頓，這才有些不好意思地道：「我知道我的想法挺天真的，還很不切實際，在演藝圈裡大概是個超級異類……不過，這圈子裡有太多的負能量了，我只是希望大家可以過得輕鬆點、快樂點，所以對於妍昕，我也不會跟她計較。」

默默聽完這些話的謝璟沉寂了半晌，隨後才勾起笑。

「演藝圈裡多得是異類，你可以放心地奇怪下去。」

Scene 6：坦白說，親愛的，我一點也不在乎。

項陽一上了車子就倒頭大睡，所以當他醒來的時候，人已經被載到山上了，沿途景緻完全錯過。劇組裡除了紀子丞和負責聯繫的人之外，大家都是第一次來到這個地方，一下車後都是無比佩服紀大導演，怎麼有辦法找到這麼一棟嚇人的棄屋？

那棟房子就跟劇本裡描述的如出一轍，有一棟兩層樓高的建築本體，還有延伸出去的一層矮房，造型有點維多利亞式的風格，尖聳的灰色屋頂上滿布著藤蔓，屋子周遭全是高聳的雜草，光看門口就讓人覺得裡面肯定鬧鬼。

項陽抬頭看著二樓那扇敞開的窗，破敗的窗簾就這麼在微風下飄動著，像極了裙襬，嚇得他趕緊瞥開視線，就怕看到什麼不該看的東西。

不過一行人進到屋裡後，氣氛反而沒那麼陰森了。屋子裡面早已先行架好攝錄器材，布景和道具也逐步進駐當中，大大的聚光燈把房間照得很明亮，加上大夥兒來來去去的，沖淡了那股陰鬱的氛圍。

演員們在看完拍攝地點後，立刻又被送往五分鐘車程的另一處住宅。原來這兩棟房子全是一位林老先生所有，但他只有使用距離山下較近的這一戶。另一戶是很久以前長輩在居住的，廢棄後他沒空閒和多餘的錢作整修，於是便擺著長草。

紀子丞除了出借那棟棄屋作拍片外，也一道借了山腰上的這一戶，讓大部分的演員和攝影組員暫居，如此一來便免去了舟車勞頓，也能加快拍攝工作。

行程已經比預定的晚了一週，紀子丞一到現場後就馬不停蹄地開始拍攝，而且還從早拍到晚，夜戲就來了好幾場，讓所有人都是叫苦連天。

尤其是項陽，他的苦難是別人的數倍。大白天還好，一到了晚上，那棟房子給他的感覺真是可怕至極，偏偏他還有些獨角戲，常常就只有坐在陰影處的導演跟攝影師和他在一起。他都不用刻意演了，光是站在屋子裡就夠他擔驚受怕，臉上的表情別提有多自然。

項陽好不容易熬過了晚上的戲，等紀子丞願意放行他的時候，外頭的天色都已經濛濛亮了。大導演竟然讓他的男主角通宵拍戲，而且還是一口氣連拍了二十小時，這話說出去都要讓人替可憐的男主角掬一把同情淚。

但就在他拖著疲憊的身子，準備回到他們借宿的地方休息時，打開門迎接他的卻不是舒適的套房，而是「災難」。

項陽因著男主角的頭銜，獲得了和助理同住一間小套房的禮遇，不用像其他人那樣擠通鋪、席地而睡。結果，他這間得來不易的小套房此刻全變了樣。房裡的家具通通被人破壞，被子被割破、窗簾被扯下，衣櫃還被翻得亂七八糟。就連他的行李袋也面目全非，東西全被倒出來就算了，衣服居然還被剪碎。

項陽拿著他那些成了超時尚洞洞裝的衣服，難得有些生氣，但那情緒一下子就過了，他很快就變成在苦惱該如何處理眼前的場景。他的助理成功地驚動了所有人，那些本來還在睡的人都跑上來湊熱鬧，伴著日出一起欣賞案發現場。

「天哪，怎麼又發生這種事！」白妍昕第一個發難，大概是又想起了之前的化妝室慘案，這就關切地問道：「該不會是遭小偷了吧？項陽，你趕緊看看有沒有丟了什麼啊！」

但項陽還沒來得及回應，一旁的謝璟已經搶話道：「怎麼可能是小偷幹的？這房間在二樓，他一樓的東西都不碰，特地繞上來偷這間？況且，我們大半的行李都放在一樓儲藏室，他怎麼不去那邊翻？那樣能找到的財物才多吧？」

「可能是人都在一樓休息，二樓這邊沒人才會……」旁邊有小助理替白妍昕幫腔，但說到後來自己也覺得有些心虛。

「確實，就是因為二樓沒人才會發生這種事。」謝璟冷冷說道，接著把視線落在白妍昕身上，續道：「會知道房子裡哪邊沒人的，也就自己人而已。」

就在現場的氣氛越發緊繃時，在外頭忙了整天的紀子丞也回來了。身為導演的他當然是自己獨佔一間套房，就在二樓的另一側，所以準備休息的他也得經過那番慘景。

不過，紀子丞就只是面無表情地在房門外看了幾眼，指示助理立刻清理乾淨、估算要怎麼賠償屋主，之後便轉身走人，倒是對這起事件一點想法也沒有。

但白妍昕這時竟是喊住了紀子丞，故作憂心地說道：「紀導，已經不是第一次發生這種事了，看來就跟謝璟說的一樣，劇組裡有人在蓄意破壞呢！是不是應該把這個人揪出來啊？」

紀子丞淡淡地瞥了白妍昕一眼，隨後又掃視了一圈眾人。

「找出來又如何？反正都是在浪費時間。我不在乎這個人想幹什麼，我只在乎我的電影能不能拍完，所以該做事的人都去做事，不要在這裡做沒意義的討論。」

聽到導演如此發令，大家自是收斂心神，各自去處理他們分內的事，一時間真的沒人再去鑽研肇事者究竟是誰。

但項陽早注意到某人的不對勁，所以在大家散場的同時跟上那人，好不容易終於在後院喊住了對方。

「妍昕，希望妳可以不要再做這種事了。」項陽也不想這樣質問白妍昕，可是他沒有蠢到看不出這其中的蹊蹺。

打從拍攝以來，那些針對他的破壞行為，肯定都是白妍昕做的，因為只有她才有動機；只有她，才會對項陽如此憤怒。

「我知道妳氣我搶了妳的角色，但做這些事並沒有任何幫助……還是，妳想跟紀導談談？說不定，角色的事只是一場誤會？我相信只要好好跟紀導說，他都會理解的。」

聞言，白妍昕先是不可置信地望著項陽，隨後哈哈大笑起來。

「誤會？理解？你到底是從哪個卡通走出來的人物？怎麼會有你這麼天真的傢伙啊？」

白妍昕大笑完後，轉而尖刻地反詰：「你又確定這是我做的了？怎麼不說是紀子丞搞的鬼呢？」

「紀導？他幹嘛做這種事？」項陽只覺得白妍昕越說越荒謬，但還是努力不把情緒表現出來。

「啊，對了，誰讓你是什麼也不懂的新人呢？你當然不知道了。」白妍昕嘲諷地笑了笑。

「因為我們的男主角是新人，要磨演技太花時間了，只好用一些旁門左道讓他早點進入狀況。怎麼？難道你以為自己八字輕，老在片場撞鬼啊？那都是安排好的橋段！」

雖然項陽隱隱懷疑過這件事，但白妍昕說破後，還是讓他有些錯愕。

「我們每個人拿到的劇本，都不是完整版的，這樣才不會提前湊出結局。而且，大家還被強力要求不能讓你看到其他段落，因為要保持『神祕感』，方便你入戲。還有一些段落，紀子丞根本沒給你劇本，但其他人都知道那些劇情，因為要配合你當下的反應，這樣才能演得自然。」

白妍昕看項陽一點反應也沒有，這就更急切地說道：「你真以為自己演得很好嗎？才不是！你就只是個負責被嚇的路人罷了！這根本就是實境秀！我賭紀子丞側拍你的段落，遠多於你自認在攝影機前拍的！反正他就只是要找個膽小鬼來當男主角而已，你會被選上，是剛好啦！」

「妳知道，妳真的很吵嗎？」項陽驀地冷了嗓音，眼神也變得有些陰鷙。

白妍昕其實是故意表現得如此歇斯底里，因為她想激起項陽的怒火、想要挑起爭端，讓場面變得很難看。然而，當她發現對方真的動怒時，卻驚覺自己可能應付不了。

就在這一瞬間，白妍昕覺得眼前的人，不像那個總是和善樂觀的項陽，而是另一個人，另一個讓她熟悉、卻不該出現在鏡頭之外的人——

「項陽，妍昕。」

一道喊聲突然傳來，兩人同時轉頭，這就看見屋簷下的謝璟在對他們招手。

「妍昕，換我們re戲了，副導要聽第六幕的對白。」謝璟簡潔地說明來意，隨後又對項陽道：「項陽，你要不要先去睡一下？午餐後可能會有你的戲份，趁現在有空閒就趕緊補眠吧，不然會累壞的。」

白妍昕這時就像逃難似地衝回屋子裡，還在原地的項陽冷冷看著她的背影消失後，這才嘆了一口氣。

「演得很好啊，不愧是我們的男主角。」謝璟在一旁打趣地說道。

「誰叫她說我沒演技。」項陽做了個鬼臉，也一樣玩味地應道：「這次你出場的太快了，應該再讓我多演五秒的。」

「再晚的話你就破功了。」

「可惡！對我有點信心啦！」

方才項陽確實是故意嚇白妍昕的，因為在那個狀況下，他實在不知道有什麼方式可以讓對方冷靜下來。

而且，她真的挺吵的，吵得他頭好痛。

但儘管現在的他還能跟謝璟笑罵，心情實際上卻挺沮喪。他很努力想化解白妍昕對他的各種敵意，結果就是不盡人意，對方總是自顧自地抱怨著，好像不曾把他說的話給聽進去。

謝璟像是看出項陽的想法，但也沒多說什麼，就是拍了拍他的肩表示支持。項陽無奈地長嘆一聲，拖著疲憊的身子走進屋子，接著才想起來自己現在根本沒地方可以睡，只好趕緊衝去找助理問個明白，自己今後到底「寢歸何處」。

結果，他得到了一個非常可怕的答案——

「紀導？」

「門沒鎖。」

項陽聽到房裡的應答聲，這便戰戰兢兢地推開門，然後一眼就看見紀子丞把梳妝台充當書桌，正在筆電前認真地敲字。

原本項陽是想和工作人員一起睡通鋪了事，反正他也沒尊貴到非得有特殊禮遇才行。但事實上位置很拮据，如今多出兩個人，卻沒有多餘的空間，所以導致男性組員的寢位安排得從頭來過。

沒想到，紀子丞聽到助理們還在為了「喬床位」這種事浪費時間，立刻就很不耐煩地說自己房間本來就是雙人房，叫項陽過來睡就是了。

於是，男主角獲得了與大導演同床共枕的巨大殊榮。

平時在片場就已經相處夠久了，現在連睡覺的地方也要共用，這讓項陽有點崩潰。他當然不討厭紀子丞，但這又不是跟三五好友一起出遊過夜，反而更像是被迫跟上司共處一室，怎麼想都覺得壓力比山高。

紀子丞看起來像是在打劇本，精神專注得很，沒怎麼搭理項陽。後者不敢吵鬧，躡手躡腳地放下東西後，正打算坐到床上稍作休息，紀子丞突然一眼瞪了過去。

「洗完澡前，不准碰床。」

項陽聞言硬是靠著訓練有素的腹肌收住身子，呈現一個很艱困的半蹲之姿。

「髒衣服不准放床上；穿了襪子也不准上床。」

「是……」

男主角這時候才想起來，大導演好像有點潔癖。

草草把自己打理乾淨後，項陽終於獲准可以碰神聖的床鋪，拖著千斤重的身子摔進被窩中。他趴在床上看著紀子丞，佩服對方在導了二十多小時的戲後，居然還能這麼神采奕奕地寫劇本，好像一點也不倦。

紀子丞總是這樣，只要一頭栽進工作就廢寢忘食了，若是沒有人在旁監督，他很可能為了工作而把生命蠟燭燒乾。

於是，有些擔憂的項陽忍不住出聲：「紀導，你不休息嗎？」

頭也不抬的紀子丞一邊敲字一邊回道：「手感正好。」

「我……我要跟晨姊告狀哦！」

紀子丞這下總算肯把視線從螢幕前移開，落到項陽身上。

「那我只好趁今晚把所有夜戲一口氣拍完。」

「嗷……」項陽發出絕望的悲鳴，後悔自己沒事居然跟大導演討價還價，這下子把自己也賠了進去，簡直得不償失。

就在項陽縮在被窩裡黯然神傷時，紀子丞默默地起身將窗簾拉上，遮去了逐漸光亮的天空。他打開梳妝台上的小燈，繼續在電腦前創作，但敲打鍵盤的聲音小了些，像是輕撫。

「打完這段就睡……晚安。」

項陽笑了笑，闔上雙眼。

「好像該說早安了。」

¤

項陽這一睡，醒來的時候居然已經傍晚，本來說好下午要預演的戲份根本就沒找他過去。或許是怕他上山第一天就體力不支，所以劇組沒有殘忍地把他叫醒。他拿起放在床頭的手機看了一下，確認沒有任何緊急訊息被他錯過了，這才悠哉地下了樓，正好遇上演員們準備吃晚餐。

飾演登山隊員的吳勝一戲服都沒下，頂著灰頭土臉的妝就在扒飯了，抬眼看見項陽正從二樓走下來，隨即把人喊住。項陽一頭霧水地被拉進餐桌，這才發現所有人都瞠大了眼看著他，像是在等他開口說什麼。

看項陽遲遲沒開口，吳勝一終於按捺不住，扯著他大聲問：「說吧！跟我們的紀大導演睡了一覺的感覺如何！」

「感……感覺？」項陽一聽這問題，差點嗆到，但想了一下後卻是一臉驚恐地續道：「一點感覺也沒有！我要睡的時候紀導還在寫劇本，醒的時候他也不在房間裡啊！慢著，所以紀導到底有沒有睡覺啊……」

「連這點小事也辦不好，你真是太讓我失望了！」吳勝一一臉哀痛地搭上項陽的肩，凝重地道：「今晚的機會可不能再錯過了，知道嗎？」

「錯過什麼啦！」

「到底是說夢話、打呼、還是睡相差？說不定會流口水！多麼珍貴的情報，就只有你能取得啊！靠你了！」

「要知道這種情報幹嘛啦！」項陽哭笑不得。

吃完一頓粗飽後，項陽趕緊和其餘的演員會合，繼續拍攝夜戲的部分。這回剛好要與白妍昕、謝璟對戲，雖然早上才發生了那樣的插曲，但項陽對於白妍昕的專業還是挺有信心的，知道她不會在片場繼續惹事。

他看得出白妍昕一直想要討好紀子丞，表現出自己最好的一面，最好還贏過他這位男主角，所以在鏡頭前都是賣力演出，絕不會浪費精力與他作對。

一群人忙到十一點多，總算又完成了一部分的重要劇情，加上明天早上有一場在森林裡追逐的戲碼，大家這就趕緊收拾完畢，回到借宿的屋子好好休息一番。

但項陽睡了一早上，生理時鐘和人家差了十幾小時，精神正好，所以沒馬上回到房間睡覺，而是開始到處遊蕩，把這棟大房子好好參觀一番。

他逛著逛著便來到了後院的倉庫，裡面擺了不少陳舊的家具。他掃視了一圈，突然萌生一個靈感。

他把倉庫裡的東西稍作整理，弄出了一塊小空地，接著把其中一面大立鏡拉出來擺在一邊。最後，他拿出手機，叫出了播放程式，節拍強烈的音樂便隨之響起。

項陽在心中倒數拍子，當重音一落下的剎那，身體也跟著舞動起來。倉庫裡有音樂聲、歌聲、以及鞋跟旋轉時的摩擦聲，明明只有一個人，卻熱鬧得像演出中的大舞台。

當初，項陽就是跳街舞而被星探挖掘的，進了經紀公司後，也一直以唱跳歌手為目標在訓練他，甚至已經替他編輯了幾首舞曲準備製作成專輯。

當時公司還在考慮，到底要以個人還是團體的模式出道，也花了一些時間讓他和其他練習生磨合。只是，整個計畫就因為公司經營不善而胎死腹中。

所以，這些歌從未被發布，而項陽的舞蹈也沒有觀眾欣賞過。

接連著三首舞曲下來，項陽已經跳得滿頭大汗，卻感到前所未有的暢快。他很訝異，自己居然還能記得這些舞步，果然肌肉的記憶力是相當驚人的。

在公司被收購後的幾個月裡，無所事事的他根本沒再碰這些未竟之作。但當初那樣密集的訓練，早已讓身體牢牢記住那些律動，只要音樂一放，潛意識就能操縱著身軀舞動起來。

他抬眼看向鏡子中的自己，回想起那個被他遺忘的感受——

我就是舞台上，最耀眼的巨星。

「哇啊！」項陽突然發出尖叫，腿一軟就坐倒在地，驚慌失措的樣子毫無巨星丰采，反而比較像被鬼嚇到的女學生。

鏡子裡的另一道人影勾起笑，眼神裡帶著一絲戲謔。

項陽狼狽地起身，用懦怯的嗓子問道：「紀導……你什麼時候站在那裡的啊……」

「應該是第一首歌的時候就在了吧？」紀子丞一臉無所謂地應道，但聽在項陽的耳裡，真是讓他羞恥到想找個洞鑽進去。

他就是心想沒有人看到，才表演得那麼開心的！中途好像還因為太喘而唱到走音了啊！

原以為大導演會接著說出什麼羞辱他的話，史上最可悲的男主角連抬眼與對方對視的勇氣都沒有，只能哀痛地低頭喝水。沒想到，下一秒竄進耳裡的居然會是稱讚。

「你跳舞的樣子很好看，比你演戲的時候有活力多了。」紀子丞淡淡地說道，臉上沒表現出太明顯的情緒。

「看你跳舞，會有種『衝動』。」

「衝……動？」

「想替你寫個以舞蹈為主題的劇本的衝動。」

項陽愣了幾秒才意識過來，剛才可是聽到鬼才劇作家，說要替他量身打造一部作品，這種足以讓其他演員羨慕到死的話。

「紀導，你是說真的嗎！你會替我寫個跳舞題材的故事嗎！」項陽激動地衝上前，害紀子丞嚇得立刻退了好幾步，免得被對方身上的汗甩到。

「那會是怎樣的故事呢？像……嗯……像《舞力全開》那種？」

看到項陽蹦蹦跳跳的興奮樣，紀子丞毫不留情地澆了盆冷水：「你的話，《歌舞青春》大概比較適合。」

「什麼！」項陽的笑容一秒垮掉。「紀導，你是開玩笑的吧？又拿我尋開心……」

「我當然是開玩笑的。」

項陽像顆洩了氣的球，蹲在角落黯然神傷，但驀地又打了個激靈，抬頭問紀子丞道：「是說替我寫劇本是在開玩笑，還是說歌舞青春？」

紀子丞狡猾地一笑，沒有回答項陽，而是轉身走掉。

「紀導！等等！說到就要做到哦！要把我寫成下一個影帝！」項陽追在紀子丞身後，又拾起了笑容。

「當影帝這種事，去跟阿堯說吧，看他要不要把第四座金馬獎讓你。」

¤

隔天上午，劇組都忙著拍攝男主角在樹林裡被「鬼影」追逐的戲碼。項陽就是素來有在練舞，體力不差，抱著一個小女孩在山裡來回跑了好幾次，還是把他累個半死。

等處理完這個段落後，接著又有一場和「鬼影」正面較量的戲，簡直要把項陽榨乾。還好中途他們為了等合適的光線，讓項陽能有空檔稍作休息。

不過，最後一個段落處理起來是最麻煩的。那個場景是發生在一口古井邊，被「鬼影」追殺的張書暐逃到井邊時，終於決定反抗，奮力和對方扭打，沒想到卻因此落井。

關於落到井裡的畫面，先前早已在攝影棚處理過，但他們還是需要拍攝這段在井邊的打戲。在這棟棄屋的後院確實就有一個早已乾枯的井，看來紀子丞是預設好了要活用這些現有場景；畢竟，古井可是恐怖片常會使用到的元素，就是擺著當裝飾也能勾起一絲驚悚的氛圍。

扮演「鬼影」的演員，這會兒正在和項陽套招。雖然可以靠剪接來表現落井的畫面，但必要時後還是希望項陽能做到「摔落」的動作，整體看起來會比較自然。

當然，劇組也替他做好了防護措施，在戲服底下預先綁上安全繩，就算人摔下去了也無妨，不會真的跌到井底。所以項陽還是決定，讓對方在最後一刻把他推下去，這樣演起來會比較流暢。

在一切終於準備就緒，天光也到了紀子丞所要求的狀態時，兩位演員便開始在鏡頭前扭打起來。

真正的打架是亂無章法的，但這是電影、不是街頭鬥毆，所以每次出拳、踢腳都要有一定的美感與力道。好在項陽的舞蹈底子替他省了不少準備的工夫，這一趟戲下來沒有NG太多次，很順利就讓紀子丞拍到他要的畫面。

來到了最後一幕，被困在井邊的男主角試圖掙脫，但「鬼影」比他強壯，不只把他箝制，甚至伸手扼住他的頸子，想將他徒手掐死。

就在這即將失去意識的前一秒，男主角用盡最後一絲力氣抓住「鬼影」，想將他一同拉下深井，但對方卻選在這時放手，一把將他推入古井。

感受到地心引力的拉扯，項陽翻身摔進井中，落下了一些距離後，綁在身上的繩子瞬間繃緊，硬生將他扯在半空中。幸好他在戲服下還多穿了一件背心，不然被繩子這樣一擰，肯定要脫層皮。

他在井裡聽見紀子丞喊了「卡」，隨後就聽到逐漸靠近的腳步聲。

「紀導，有拍到了嗎？」還吊掛著的項陽，第一個關心的就是自己還要不要再摔一次。

靠在井邊的紀子丞難得地笑了。「一次OK。接下來沒你的事了，上來休息——」

紀子丞話尾未落，就驚覺項陽的身子猛地往下降了一截。他趕緊伸出手，項陽也嚇得立刻攀住繩子，但兩人的手終究沒有抓住對方。

啪！

「項陽！」

項陽的身影迅速下墜，伴隨斷了的繩索，被井底的黑暗一口吞噬。

一個人的捉迷藏：Chapter 2

「喂，醒醒！」

一道熟悉的嗓音伴隨著粗魯的搖晃，把我從昏迷中喚醒。我睜開眼，發現高業樺就跪坐在我身旁，一臉的擔憂。

「媽的，你怎麼回事啊，居然睡在這種鬼地方？」高業樺勾住我的身子將我從地上抬起，一邊不住罵道：「還以為你走丟了，找你找得都快急死了！」

「我……嗚嗯……」我開口想接話，但身上傳來的痛楚讓我一時岔了氣，隔了幾秒才緩過勁來。

高業樺這時才察覺異樣，端詳我一會兒後才問道：「你身上的傷怎麼又多了？你剛剛在跟誰打架嗎？」

我的腦袋此時還在混亂中，費了好一番功夫才回想起來，我先是被鬼影痛揍一頓，接著扔進井裡……

我轉頭看向那口古井，它是確實存在的，就這麼佇立在我身後。但我低頭看著自己一身雖然髒亂、卻沒沾到任何水的衣服，登時搞不清楚究竟發生了什麼事。

摔進古井、落在水中的感受是那麼的清晰，但我身上卻沒有任何痕跡證明這件事有發生。僅知道我確實和什麼「東西」打過一架，因為我現在不僅渾身痠痛，還多了不少瘀青和擦傷。

我這時才驚覺天色已然全黑，月色時有時無地從雲層後透出，整座林子都是細碎的聲響與搖曳的光影，令人毛骨悚然。而且我也察覺，高業樺的表情看起來很焦慮，明顯透露出不安的情緒。

「登山隊的，有個傢伙不見蹤影，他們隊長也急得要命。一轉眼就弄丟了兩個人，我們剩下的人都快瘋了，快點跟我回去報平安吧。」高業樺凝重地解釋道。

那口井和育幼院的距離比我料想得還近，我和高業樺很快就回到屋子裡，才一進門立刻就遇見一臉焦急的王皓通。

我不等他問就先開口道：「我在後面的坡摔了一跤，滑下去之後就迷路了，好不容易才找到路回來。」

「那……那你有遇到阿鋒嗎？」王皓通說的是另一個男隊員。他見我搖頭，立刻就露出失望的表情。

「本來還想說你們兩個會走在一起的，這下子……」王皓通話沒說完，這又要出去找人，但那個女隊員卻是拉住他，不讓他這麼做。

「現在已經天黑了，就這麼出去在樹林裡晃，我們也會有危險的。」

我欣然同意那女的，一邊幫腔道：「你們都是有經驗的登山客，如果他真的不小心迷了路，這時候應該會先找個安全的地方熬過晚上，而不是到處亂跑，試著走回這裡，對吧？」

「你說得倒是沒錯……」王皓通沒反駁我，但神情還是非常擔憂。「但阿鋒的行李都還在這裡，表示他身上什麼也沒帶，萬一……萬一……」

「這裡沒有訊號，沒辦法請求救援，如果我們為了找他也發生什麼意外的話，狀況只會更糟糕啊。」女隊員面色難看地說道。

「等天一亮了就立刻下山求援吧，現在也只能先顧好自己了。」

「看來也只能這樣……」

因為一點忙也幫不上，我們三人自是把隊員失蹤的問題，留給王皓通自己煩惱。高業樺和林筱彤在我神遊的期間，已經大致搜索過這棟屋子，這便把我帶到他們覺得最有線索的地方。

那看起來應該是輔導老師們的辦公室，裡面的辦公桌椅、櫃子上積著厚厚的灰，我們三人必須放輕動作，免得揚起一堆粉塵。我來到他們兩個說的櫃子前，接著小心翼翼地拿出了裡面存放的東西。

那看起來應該是育幼院的經營日誌，還有詳細的領養資料，下一層則放了更多的小冊子，似乎是孩子們的日記和繪圖本。我隨手抓了一大疊塞進背包裡，打算等等找個地方安頓下來再好好閱讀。

離開房間時，我們經過一面牆，牆上的一幅大海報吸引了我的目光。海報上面有一個手繪的表格，表格最前面貼著人像相片，但如今已看不清楚五官；相片後標註著姓名和一些細項，最後一格則填上了數字。

我貼上前仔細閱讀，不太明白格子裡的標記到底代表什麼意義。這時，小歡的身影突然出現，走上前伸手一指寫著自己名字的那一欄表格。

「老師說，聽話的人就可以拿星星，星星可以換分數。」

我看著小歡的格子，裡面確實畫上了六個星星，而越往上看，那些孩子有的星星也越多，分數也更高。

我一時間還解讀不出來這個星星表格到底要做什麼，一旁的高業樺早就不耐煩了起來，我也只能拿出相機先將這張海報拍下，順便把周遭的景物也拍上幾張，隨後才抱著滿腹的困惑離開那裡。

入夜後的山裡真的十分冷。我們一行人躲在屋子裡，將門窗都關緊了，這才驅趕掉一些寒氣。王皓通和他的女隊員兩人坐在門邊低聲交談著，我們幾個人則是遠遠地聚在另一端，與他們保持距離。

我怕他們會把隊員走丟的錯怪罪到我們身上，讓場面變得不太妙；畢竟，要不是跟著我們多走了這趟路，現在的他們早已在山下、可以回家好好休息，而不是要挨一晚的擔憂，怕自己的好友在深山裡遭遇不測。

我把注意力放在那些日誌上，在手電筒的燈光下隨意翻看，一陣子後還是沒看出什麼端倪。

這時，林筱彤驀地問道：「你們覺得，兇手真的會是院長嗎？」

「他的嫌疑最大，不是嗎？」

「雖然他對這一連串事件的處理方式，是有點不對勁，但是不覺得……嗯，該怎麼說呢，就是……他殺這些小孩的動機是什麼呀？不覺得很沒道理嗎？」

「搞不好他就只是個心理變態，覺得殺人很爽。」高業樺叼著菸，用字露骨地說道。

「筱彤，我懂妳的意思，我也覺得院長是真兇的可能性不高。況且，要是真的以殺人為樂，怎麼會用這麼容易曝光的方式，進行自己的殺人計畫？如果殺了人，再把屍體隱密地藏好，那就只是一起失蹤案罷了，根本不會鬧得這麼大；至少，這麼做的話，應該能殺掉不止四個人。」這話一說完，我自己也覺得有些彆扭；把自己帶入殺人犯的思維，感覺不是很舒服。

「那就別想著兇手了，搞不好問題出在那些小鬼身上。看他們到底是純粹衰小，還是有什麼理由被兇手給盯上了。」高業樺用夾著菸的手敲敲那一疊日誌，落了不少煙灰在紙上。

「但如果真的有關聯的話，警方不是早就該查出來了嗎？」

我搖頭否定了林筱彤的判斷。

「仔細想想，那時候發生了這麼可怕的兇殺案，如果不盡快把事情解決，社會大眾的恐慌會一發不可收拾，所以才那麼急著將一切罪刑都戴在院長頭上。說穿了，大眾要的不是真相，而是兇手，不管這兇手是不是代罪羔羊。

「在這種情況下，說不定真的遺漏了什麼線索沒有發現。而且，他們不是也沒找到小歡的屍體嗎？表示這之中的疑點，還有很多是當年的警方沒有解開的。」

聽完我的論述，高業樺和林筱彤卻遲遲沒有回應。我還以為是自己說錯了什麼，正在苦思時，林筱彤才緩緩開口。

「書暐，我們好像不該去研究這些事……你答應那個託夢的女孩，說你會回來找她，但也沒說一定要找到吧？」林筱彤見我神色詫異，這又堅定了口吻續道：「我覺得，我們明天早上起來把這附近找一回，然後就回家。不管有沒有找到人，都別再去追尋案件的真相了。」

「但是，我答應了小歡——」

「是啊，你也回來找她了啊，但知道兇手是誰，有任何意義嗎？」

聽到林筱彤的反詰，我登時無話可說，但高業樺卻立刻應道：「既然都來了，為什麼不把事情查個清楚再走？還有那幾個小鬼，死那麼慘就算了，還死得不明不白，難道就不值得有人多花點心思替他們找出真相嗎？」

「別把我說得像個壞人，我只是覺得這件事超出我們能力範圍，不應該胡亂去擔！」

眼見他們兩個似乎有吵起來的跡象，我趕緊上前打圓場道：「今天走了一整天的山路，大家都累了，不如就先休息吧？明天一早，再討論接下來該怎麼辦。」

高業樺和林筱彤兩人同意了我的提議，總算停下爭執，各自找個角落休息去了。我也拿出睡袋，趴在裡面又繼續看了一會兒的日誌，不久後便不敵襲來的睡意，漸漸進入夢鄉。

我做了一個很奇怪的夢。

我睜開雙眼時，發現自己就站在一棟大屋子裡，周遭的景物有股說不出的熟悉感。我花了一段時間才認出，這裡就是樂善育幼院，但卻是它廢棄破敗之前的模樣。

不少人從我身邊跑過，都是不到十歲的孩子，大家在房間裡追逐、笑鬧，玩得不亦樂乎。

接著，有個孩子大聲說道：「我們來玩捉迷藏！我當鬼！我要開始倒數囉！」

聽到這句話，房間裡的人一哄而散，不少人甚至衝進了後院和樹林間。我回頭一看，發現有個人遲遲不肯動身。

「快啦，快去找地方躲起來，不然就是妳要當鬼了哦！」善於發號施令的男孩如此說道，對女孩不耐煩地揮手。

「我……我不想玩捉迷藏……」女孩的嗓音帶著哭腔，像是十分害怕的樣子。「被鬼抓到，會死掉！」

「才不會！我只會吃掉妳的點心而已！」男孩哈哈大笑，接著又轉過頭來看著我，問道：「你也是，快去躲起來啊！想第一個被我抓嗎？」

我愣愣地看了他幾秒，隨後才轉身對女孩道：「小歡，我們找地方躲起來。」

看起來還非常可愛——活生生、而不是屍體——的小歡噙著淚，走過來牽起我的手，和我一起離開了房間。夢境裡的我似乎對整棟育幼院十分熟悉，我帶著小歡上了閣樓。沒有人會上來這裡，因為孩子們都不曉得要怎麼打開隱藏的樓梯，但我卻知道。

閣樓裡存放了很多雜物，有不少是離開的孩子的生活用品，抱著他們可能長大後會回來這裡拿取的想法，沒有在他們被領養後立刻丟棄。我和小歡來到閣樓窗前，從這裡可以一眼看見後院的遊樂場，甚至能看見幾個躲在遊樂器材裡的傢伙。

「躲在這裡，鬼就找不到妳了。」我對小歡如此說道，隨後就打算轉身離去。

但小歡抓住我的手，有些急切地問道：「你不留下來陪我嗎？」

「妳忘了？得有人出去把樓梯收起來啊，這樣才不會被人發現我們的祕密基地。」我對小歡這麼解釋，但我看得出來她還是怕得不得了，於是就在那些雜物裡翻找出一隻布偶，塞進她手裡。

「這傢伙會陪妳，不用怕。放心吧，等安全了我就會回來找妳。」我指著那隻長得有點醜的娃娃說道，隨後才在小歡那不情願的視線下悄聲退出閣樓。

我走下樓梯，將暗門闔上，然後將木造的梯子推進牆壁間的夾層，於是通往閣樓的路就此消失。我小心翼翼地穿過走廊，不發出任何聲響，在經過輔導老師的辦公室時，忍不住從窗戶看了進去，看見院長和老師們正圍在一起，神情不安。我沒多想什麼，因為注意力被拉到了走廊上的一面牆，牆上貼著一張大紙，所有孩子的照片和名字都在上面。

我看著那張紙，從最尾端逐一向上瀏覽，但越往上面，那些人的照片看起來就越模糊。尤其是排在第一位的「小偉」，他的照片幾乎黑成一團，完全看不出他的長相。

經過走廊，我確認那個當鬼的男孩不在附近，這就走進後院，然後再往更外圍的樹叢深入。這時，我看見另一個女孩就蹲在矮灌木叢中，把自己藏在層層樹葉後，只露出一雙眼睛看著屋子裡的動靜。

她注意到我的視線，對我不停比著手勢，我隔了幾秒才看出那是要我蹲下的意思，於是便乖乖照做。我壓低著身子朝她那裡移動，她有些抗拒地瞪了我一眼，還揮手想趕走我，但我沒理會她，執意要靠近，最後就直接蹲在她身旁。

「你去躲別的地方啦！」女孩嘶聲說道，我回想起牆上的那張海報，她應該就是那個名叫「葳葳」的女孩，排在第三個位置；但她的照片也挺模糊的，我不是很確定。

「妳躲在這裡，一下子就會被找到了。」我低聲說道，隨後拉著她起身。「我知道有個地方很棒，躲在那裡，鬼就抓不到妳了。」

葳葳有些狐疑地看著我，但最後還是聽話地跟著我一起離開矮灌木。我們經過一口井，那井被人封了起來，大概是怕有人不小心摔進去，但偶爾還是有調皮的傢伙會跑到上面蹦跳，來比比看誰比較大膽。

「我們走太遠了，老師說這邊不能自已來。」葳葳有點畏懼地說道，大概是周遭的樹叢太密集，遮去了光線，所以讓她感到害怕。

「妳沒有自己來啊，妳跟我，是兩個人。」我如此安慰她。走到這裡，幾乎已經看不見育幼院的屋子，就是在這裡大聲嚷嚷，屋子那頭也很可能聽不見。

猛地，一個黑影突然閃過我面前。我嚇得往後一摔，一旁的葳葳也發出淒厲的尖叫。

那個黑影比我高出許多，又是宛如煙霧般迷幻。他手裡拿著一根翹棒，凶狠地朝我們揮打而來，我在地上滾了一圈，狼狽地閃過了攻擊，但一轉身就看見葳葳已經面朝下倒地，而黑影就跪坐在她的背上，雙手高舉翹棒，一次又一次地重擊女孩，發狂似地拚命敲打，直到女孩的頭、身體都被他弄得血肉模糊。

我被眼前發生的事驚駭到無法動彈，雙腿不停顫抖，根本無法起身。那鬼影拖著翹棒朝我走來，我可以聽見血水沿著翹棒、滴在落葉上的聲響，啪答、啪答，一聲接著一聲，然後再滲入泥土裡，消失無蹤。

我知道自己即將成為下一個受害者，但我不願意就此屈服，所以強逼自己趕緊起身、拔腿就跑。

然而，鬼影的腳步比我大多了，一下子就追上我，把我按倒在地。這時，我居然在口袋裡摸到一把彈簧刀，於是二話不說亮出刀刃，對著鬼影的肚子狠插數刀。噴出的鮮血沾滿我的雙手，我可以從那些液體感受到殘存的溫度。我差點就要吐了，但腦海裡那個「停下的話，就會死！」的聲音蓋過一切，讓我卯足全力攻擊鬼影。

終於，我的手再也沒有力氣舉起，鬼影的身子也向旁栽倒，沒了動靜，已經無法對我造成任何威脅。我鬆了一口氣，慶幸自己從鬼門關前逃過一劫，正打算回到育幼院求援時，又一道尖叫聲響起——

「啊——！」

我猛地驚醒，瞬間從地上彈坐起來。四周黑得伸手不見五指，但我能清楚聽見那個慘叫聲還在持續。一道光源驀地炸出，我難過地瞇起眼，費了一番勁兒才看出那是拿著手電筒的高業樺。

「阿樺，到底怎麼——」我話尾未落，高業樺已經扯住我，一把將我從地上拉起。

「跑！」

他對我嘶吼道，拉著我衝出了屋子。

¤

我、高業樺和林筱彤，三人聚在一間小屋裡，各自都是喘得上氣不接下氣，好一會兒沒人可以出聲說話。我記得今天上山的時候有經過這間小屋，它距離廢棄的育幼院大概十幾分鐘的腳程而已，依舊離山下的市區還有一大段距離，也和馬路隔得老遠，聽不到任何城市裡會有的噪音。

高業樺站在窗前，用驚恐的眼神看著外頭的景色，像是在搜尋什麼。我出聲想問，他卻是高舉手勢要我噤聲，半晌後神色才稍稍放鬆了些，走過來與我和林筱彤解釋剛才的情況。

「十二點多的時候，我起來上廁所，然後就看到王皓通一個人在屋子裡竄來竄去，不知道在搞什麼鬼。一問才知道，他睡一睡起來才發現，他家的隊員又不見了！我陪著他一起找，哪知道……哪知道……那女的居然死了！屍體就在後院那個溜滑梯下面！靠，我要吐了……」

高業樺說到一半，整個人都抖了起來，伸手一抹臉上的冷汗後才續道：「我跟王皓通都嚇壞了，但不等我們有時間反應，一個黑影就突然從樹林裡衝出來，手上拿著一把刀，開始瘋狂追著我們跑！王皓通跑得比較慢，我只看到他被那東西撲倒，但我真的不敢停下來救他，只能把你們兩個叫起來逃跑！」

「所……所以，我們把王皓通一個人……扔在那裡……」林筱彤露出驚駭的神情。

「媽的，自己人都差點逃不掉了，哪還有空救別人啊！」高業樺啐了一聲，但臉上的表情其實也帶著自責，心裡大概也在懊惱，自己竟然就這麼把王皓通放著不管。

林筱彤這時像是終於按捺不住，面如土色地說道：「這鬼地方我待不下去了！我要回去！」

「妳不怕半路摔進山溝裡的話，請便。」高業樺冷冷說道，漠然的語氣立刻就激怒了林筱彤。

在這種劍拔弩張的氣氛下，如果有人衝動行事，那後果肯定是不堪設想的，所以我趕緊上前勸說道：「再幾個小時就天亮了，到時就能夠下山求救了，先不要急。」

高業樺這時也知道自己需要冷靜，所以摸出香菸、蹲在一旁抽了起來。林筱彤抹抹眼眶裡的淚水，忍著沒有哭出來，隨後也找個角落坐下，抱著雙膝沉思，不發一語。

看到他們兩個被嚇成這樣，我心裡實在很過意不去。若不是為了幫我這個忙，他們也不會陷入這樣的危險中。想著想著，我頭又更痛了，只能不管那藥盒上寫的劑量控制，把剩下的幾顆止痛藥全吞下去。

時間在這種時候，總是流逝得特別緩慢。雖然我也有股衝動想現在就離開這裡，但我覺得——該說，我肯定——此時只要再次走進樹林，就會被那個鬼影盯上。

林筱彤獨自沉澱了會兒後才注意到我，這就用詫異的語調問道：「不是吧？你居然還有心情看那個？」

「反正又睡不著。」我苦笑道，手裡拿的正是不久前從育幼院找到的日誌。我一直有股模糊的感受，總覺得這些東西裡就藏有我想知道的真相，只是我尚未拼湊出來而已。

這時已經抽了好幾根菸的高業樺也走過來，拿出露營燈往房子中間一擺，讓我不用再憑著手電筒的燈光艱困地閱讀。我們三人各自挑了一部分翻閱，但事實上並不知道到底要找什麼，完全是一群亂飛的無頭蒼蠅。

我突然想起了高業樺之前說過的話，這就問道：「被殺害的那四個孩子，分別是誰？」

林筱彤翻開她的筆記本，逐一唸起先前在警局時做下的記錄。

「按時間順序，分別是阿豪、葳葳、小庭——」

「等等！」我焦急地打斷了林筱彤的話，隨後打開相機的相簿翻找，終於找到了那張照片。

「然後第四個人，是『阿軒』嗎？」

「對……怎麼了嗎？」

我把相機交給他們，螢幕上顯示的正是那張有著所有孩子姓名、照片的海報。而前四個被殺死的孩子，正好依序排在那個表格的前面，只有排在最上面的那個「小偉」倖免。

「欸，這幾個名字我好像也在哪邊看到，就剛剛而已……」高業樺抓著那一疊資料亂翻，不一會兒後抽出一本資料夾，興奮地道：「對！就這個！」

高業樺找到的那個資料夾裡，放的是育幼院的領養資料，詳細載明了被領養的孩子、以及領養家庭的各種訊息。我們翻看了一下，這就發現那四個孩子中有三人的名字就出現在裡面。在他們遇害前，都分別有和幾個欲領養孩子的家庭做過接洽，而且也已經配對到合適的對象，很快就能擁有一個新家。

然後，我終於明白那張海報的意義是什麼。

那是個排行榜。

這樣聽起來雖然有點殘酷，但是院方如果依照孩子們的品行、表現等等，將他們的「好」與「壞」用一個量表表現出來，就能刺激他們，讓他們主動去競爭那個排序。當排名前面的孩子能更早獲得被領養的機會，那麼其他人也會為了這一點而努力做個「乖孩子」，才能早日擺脫無父無母的身世。

「不過，排在第一名的『小偉』並沒有被殺啊？」林筱彤不解地問道。假如兇手確實是按照那個「榜次」殺人，那第一個被害人應該是小偉，而不是排名第二的阿豪。

「那孩子好像已經被領養了……啊。」高業樺翻到了小偉的資料，但才讀了幾行就發出驚呼。

「這個小偉本來被領養，但後來又回到育幼院，算是被『退貨』了吧。」

「上面有寫原因嗎？」

「疑似具『暴力傾向』、多次表現出『破壞行為』……呃，看來是有點失控的小鬼，領養他的夫妻覺得管不住，所以又送回來了。」

「但他的表現，不是孩子裡最優秀的那個嗎？」

「誰知道啊？適應不良？」

聽著高業樺和林筱彤的對話，一個可怕的念頭在我腦中成形。雖然這個想法聽起來真的很瘋狂，但是搭配上這一連串的事件，卻合理至極。

「你們想想，這些孩子死了，最直接的受益者會是誰？」我抖著嗓音問道，高業樺和林筱彤聽到我的問句後便陷入沉默，最後紛紛露出驚恐的表情。

「你該不會想說……」

「靠，這也太扯了吧！」

我們三人同時低下頭，看著那張貼在資料夾裡的照片，照片上的男孩噙著一抹笑，但此刻看起來卻有股說不出的詭譎與邪惡。

我從資料夾裡拔出那張紙，然後將「小偉」的照片一把撕下。

「小孩子脾氣火爆是常有的事，什麼摔東西、愛打架之類的，但『殺人』完全是另一種程度啊！這太扯了！」

「但小偉確實有動機。在他被送回來之後，要去『接替』他的孩子就是阿豪，所以他才興起了除掉對方的念頭；後來的葳葳、小庭雖然不是被同一個家庭領養，卻一樣引起他的嫉妒和憤怒……就連還沒有被安排的小軒，也因為他是第一順位者而被視作目標。」

高業樺似乎快要被我的推論說服，但要相信一個孩子能做出這麼駭人的事確實不易。儘管聽來如此恐怖，我們卻也找不出能反駁這個論調的證據。

「不過，不是還有第五個受害者，小歡？她不像其他孩子，準備要被領養、或是表現優異拿到較前面的排序……而且，她的屍體到現在也還沒找到，是什麼原因讓她成了例外？」林筱彤不太肯定地問道。

「我們肯定還遺漏了什麼……」

我幾乎是陷入著魔的狀態，抱著那些資料不停翻看著。或許是我這副模樣有些嚇人，高業樺和林筱彤的表情看起來都不太好，雙雙陷入一陣令人不安的沉默中。

高業樺沒多久後便按捺不住，這就叼著菸起身道：「我去外面透透氣。」

我沒搭理他，繼續專注在手裡的資料。我這時驀地感到有些後悔，稍早在那間辦公室的時候，我應該再多拿一些的，這裡面不只有領養資料，還有更多的是輔導老師對這些孩子生活狀況的記錄。透過這些日誌，我逐漸能深入瞭解每個孩子。

但這些日誌裡，偏偏就沒拿到小偉的，也沒有小歡的。「這些筆記非常有用，我想我們應該回頭再多拿一些——」我話都還沒說完，林筱彤卻已經勃然大怒，粗暴地推了我一把、打斷我的話。

「你瘋了嗎？我們費了多大的勁才好不容易逃出來？現在就為了滿足你的好奇心再回去一次？我才不幹！誰知道那裡還有多少鬼東西想害死我們！」

「但我覺得我們就快挖掘到真相了！所有的謎題、還有幕後黑手……妳難道不想弄清楚這一切嗎？」我也懂林筱彤的憤怒，可是這起事件已經完全盤據了我的思緒，若是不把來龍去脈弄清楚，我真的無法平靜。

「就因為我們太接近真相，才會發生越來越多壞事的啊！對！我是想知道這究竟是怎麼一回事，但我更想活命！」林筱彤憤然起身，接著把自己的東西胡亂扔進背包裡，轉身就要離開。

我見狀趕緊拉住她，急道：「筱彤，慢著！妳要去哪？現在大半夜的，外頭很危險！」

但林筱彤已經臨近崩潰邊緣，扯著嗓子對我吼道：「這裡最危險就的是你！我最初根本就不該答應和你一起來的！我要回去！現在就要！」

我有點反應不過來她這段話是什麼意思，一個閃神她就掙脫了我的手，朝門外直奔而去。但就在同一時間，一陣淒厲的叫喊劃破黑夜。

「不……不要過來！啊！放過我！我什麼都不知道！啊——！」

「阿樺！怎麼了！發生什麼事了！」

我聽不懂高業樺到底在叫喊什麼，只覺得他的嗓音充滿恐懼與絕望。我立刻奔向那扇木門，試圖衝出去救他，但那扇門卻紋風不動，明明就只是一片薄薄的木板，我竟是拉不動它絲毫，甚至沒辦法撞開。我能聽見高業樺的哀號，以及我不想知道細節的詭異水聲，狀況聽起來非常危急。

驀地，退到我身後的林筱彤爆出尖叫，同時一個血手印拍在那扇汙穢的玻璃窗上，抹出一道悚人的血痕。

「阿樺！」我衝到窗邊，看見鬼影一閃而過，但窗子也一樣拉不開，我只能再回頭去和那扇該死的門拚命。我慢了半拍才意識到，門外的慘叫聲早已止歇。

已經泣不成聲的林筱彤忽然拉住我，扯著我的衣服硬是要我遠離那扇門。我退開了幾步，順著她的視線往下一看，隨即發現……

「那個……那個是……」

「噢我的天啊……」

在露營燈慘白的光源下，黏稠的深色液體從門縫下逐漸湧入，連帶著讓空氣都充斥著一股鐵鏽味。接著，像是有人在另一頭輕推了一下，那扇門緩緩打開，一點一點揭露出門外的景象……

我整個人彷彿被冰凍了，圍繞著我的恐懼濃烈得令我有股窒息的錯覺。我驚恐到什麼反應也沒有，就只能瞠目結舌地看著門外那具血肉模糊的屍體。

我幾乎無法分辨那具屍體是不是人形，臉又在哪裡。

「啊啊啊啊——！」

林筱彤的淒厲叫喊把我從震驚中拉回現實。我回頭一看，發現她正按著自己的肚子，原本素色的T恤以她的下腹為中心，擴散出一攤濕潤的汙漬。她驚恐地看著自己的身體，顫抖的雙手上全是血，而當她的手一離開肚子上的裂口，立刻有「東西」掉了出來。

我忍不住吐了。林筱彤瞪大了雙眼看著我，隨後雙腳一軟，像個斷了線的人偶般癱倒在地，很快就沒了鼻息。

我跌跌撞撞地走出小屋，儘管夜晚的樹林裡颳著不小的風，我卻覺得血腥味依舊盤踞著我的鼻腔，好像我整個人都跟著被浸泡在血液之中。

我低下頭，驚覺自己的衣服上全是血，手上也滿是汙漬。

但它們都是乾的，散發一股淡淡的腐臭。

我轉頭就跑，完全搞不懂到底發生了什麼事，只覺得眼裡的事物都在飄動、扭曲，宛如我正一頭衝進一陣漩渦之中。我哭喊著、狂奔著，分不清自己到底往哪個方向走，中途甚至跌倒了幾次，從陡峭的坡上滑落然後摔在溝壑裡。我只能躺在那裡，直到身體又恢復了知覺，再爬起來繼續跑。

這絕對是場惡夢，不斷輪迴，而我怎樣也無法醒來。

當我再次恢復理智時，天空也微微亮起。我抬頭迎接曙光，以為能夠獲取一絲熱度，但我仍舊冷得像是渾身的血液都結冰，因為我一抬眼就發現，那個我最不想再次看見的東西居然出現在眼前。

晨曦下，殘破的樂善育幼院竟是透著一股邪惡的氣息，敞開的門戶裡只有一潭濃如墨的黑暗，似是在等著羊入虎口。

小歡就坐在階梯前，臉埋在布偶裡，像是睡著了。

我一跛一跛地走上前，心中除了絕望，已然不剩別的情緒。

我伸手輕碰了女孩一下。

「嘿，我回來了。」

¤

我經過走廊，佇足在連接著後院的拱門下。地上有一灘已然乾涸的血，以及掙扎過的凌亂痕跡，應該就是高業樺說王皓通被襲擊時留下的。不過，沒看見他的屍體。我往前走了幾步，立刻就看到溜滑梯下有一雙腿，但我不想再更靠近了，我的胃裡早沒剩什麼東西可以讓我再吐。

「哥哥，其他人呢？」牽著我的小歡問道。

「其他人啊……呵……」我自嘲般地笑了。

「沒有其他人了，只剩我。」

不對，我忘了算，還有一手造成這一切的可怕影子；如果他還算得上是個「人」的話。

我轉過身，抬眼正好看見了閣樓的方窗。我愣了一下，想起那個詭異的夢境。

然後，我終於弄懂了這一切。

「小歡，可以帶我去嗎，妳跟小偉的祕密基地？」

女孩漾起了笑容，但在那張慘白而腐爛的臉上看起來一點也不高興。她帶著我走上樓，最後在一面牆前面停下腳步。我回憶著夢境裡的細節，在牆壁的夾層裡找到了機關，費了一番功夫後將已經很久沒人動過的階梯拉出來。

我和小歡一同踏上階梯，早已腐蝕的木頭在我腳下響起令人不舒服的擠壓聲。我伸手用力一撞，藏在天花板的暗門就被我拆下。不過我沒有立刻進入，因為揚起的大量灰塵嗆得我差點喘不過氣，還有厚厚的蛛網飄落下來，我只好拉起衣服遮住口鼻，等了半晌才踩進閣樓。

就如同我夢裡的場景，閣樓裡還是被一堆雜物塞滿，但窗戶並沒有被擋住，所以還是有充足的光線照射進來。就在那扇玻璃窗前，一只體積龐大的木箱靜靜地放在那裡，蓋子沒有闔緊，露出一道縫隙。

我走上前，做了幾次深呼吸之後，鼓起勇氣將那木箱的蓋子一口氣掀開。

其實，小歡一開始就跟我說過了，只是我沒聽懂。

她說這裡都沒有人了，只剩她一個。

躺在箱子裡的是一具小小的骨骸，還連著頭髮的腦袋上有個大凹洞，讓她看起來更加脆弱。她細小的手骨裡還抱著一隻布偶，看不出來是什麼生物，總之有點醜。

「我說過了，我會回來找妳的。」

一道嗓音在我背後響起，我趕緊轉過身，只見那個鬼影正緩緩從暗門下冒出來，原本模糊不清的形體逐漸凝聚，最後變成一個看起來非常真實的人形。

男孩看著我，勾起邪魅的笑容。他跟小歡不一樣，看起來不是「死去」的狀態，外貌十分完整，只是臉色看起來病懨懨的。至於他的眼神……我不知道該如何形容，總之就是透著一股陰森，完全不像個孩子。

小歡說的話再次浮現在我腦海中。大家都在玩捉迷藏，可是有兩個「鬼」，被其中一個抓到的話……會死。

那個趁著大家在玩遊戲時，把目標誘騙至無人的樹林裡，將對方毒打致死的「鬼」，就站在我面前。

「為什麼……為什麼要這麼做？為什麼要殺了他們？他們不是和你一起長大的兄弟姊妹嗎？」我忍不住脫口問道，男孩聞言竟是笑了。

「為什麼不？」男孩竟是用無所謂的口吻反詰。

「好吧，你覺得他們搶走了你的新家，你很生氣、嫉妒他們，覺得他們憑什麼比你更早擁有新家，所以才殺了他們，這我能理解……但小歡呢？為什麼要殺了小歡！她又對你做了什麼！」我不知道自己為什麼會如此氣憤，只是一想到那具殘破的骨骸，我就好心痛。

男孩再次笑了，但這一回，他的笑容看起來有些苦澀。

「這樣一來，就沒人能夠從我身邊把她奪走了。」

我難以置信地看著他，無法理解他那扭曲的占有欲、以及激進的手段，最後只能說出三個字。

「你瘋了。」

「我早就知道了。」

我和男孩對視許久，其實有那麼一秒鐘想說服自己錯了，不會有魔鬼藏在這副看起來毫無危險性的軀體中。但男孩眼神中的癲狂早已大聲咆哮著他就是那個殺人魔的事實。或許他能在育幼院裡假扮成一個乖巧、優秀的孩子，但本性這種東西是無法抹除的，他總有顯露出真面目的一天。

然後，當心魔甦醒，牠就不可能乖乖待在心裡了，而是用盡任何方式來證明自己的存在——用最殘暴、最血腥、最無人性的方式來證明。

「你已經得到你要的答案了，所以也該是時候了。」男孩驀地開口道。這時我才注意到他手裡正握著一把鐵撬。那鐵撬上不只沾滿了血肉，甚至因為不停重擊硬物而變形。

「你要殺了我嗎？」我訝異自己的嗓音居然聽起來如此鎮定。

「我只是一道幻影，能夠殺死你嗎？」男孩露出意味深長的笑，拖著鐵橇向我逼近。明明就是那麼瘦弱的身型，但男孩身上卻帶著迫人的氣場，讓我渾身打起冷顫。

當他用手中那把鐵撬朝我揮來時，我可以從他的雙眸感受到那股赤裸的殺意，那甚至比他手上的武器更駭人，彷彿他用那眼神就能將我開腸剖肚。但正如他所問的，如果他只是一道幻影，怎麼可能傷得了我呢？

或許是已經絕望到底，也可能是我早已精神崩潰，我對著男孩嘶吼，接著縱身向他撲去，豁出去似地朝他攻擊，在他反應過來前奮力搶過他的武器。

等我意識過來時，我就這麼跪在地上，手上正握著那支鐵撬，身前有一大灘血跡，而我的身上也通通是溫熱的血液，就連臉上也被噴到不少。但男孩的身影不見了，閣樓裡只能聽見我那紊亂的喘息聲，整個空間裡似乎只有我一個人。

「我只是一道幻影……你能殺死我嗎？」

男孩的聲音在我耳邊響起，還伴隨著令人惱怒的笑意。我轉身朝後猛擊，情緒早已失控，但我根本沒傷到他半分，因為他就完好無缺地站在窗前，用嘲弄的神情看著我。

我發了狂似地撲向前，伸手掐住他的頸子，想看看這下子他還能不能戲弄我。我狠狠掐緊他的頸子，可以清楚感受到脈搏在我的指尖下快速跳動，如此真實的觸感，讓人無法相信他真的只是我的幻覺。

「你……為什麼……都是……你……殺……殺……殺人魔……」男孩從嘴裡擠出斷斷續續的字句，但我卻瞬間被強烈的恐懼重擊，因為從他喉嚨裡傳出的聲音不是他原本稚嫩的嗓音，而是一個男人的低吟。

我再也忍受不了，將他一把向前狠推。他瘦小的身體就這麼撞在玻璃窗上，接著那扇窗竟是硬生碎裂，帶著他的身子一同向下墜落。

啪！

重物落地的聲音響起，我嚇得向後摔倒，差點就直接從暗門滾下去。我呆坐在原地良久，終究沒有勇氣起身去看窗外的景象。

我在大廳找到了王皓通那些人的行李，隨便拿了一個背包回到閣樓，小心翼翼地將小歡的遺體裝進去，最後渾身是傷地離開這棟棄屋。

我不清楚自己是怎麼走下山的，時間也全部混亂了，直到我的手機又有訊號，而且看見上面有數通來自那位刑警大哥的來電時，我才有真的清醒過來的感受。

我顫抖著手按下撥號鍵，對方很快就接了起來，但我不等他問話，潰堤的情緒已經將我淹沒。

「救我……求求你……」

我抱著骨骸，在話筒這頭泣不成聲。

¤

我一身是傷地坐在警局裡，就算已經離開那座山，我還是驚魂未定。刑警大哥一開始還不信我的說詞，直到我拿著小歡的遺骨出現在他面前，他才趕緊派人上山調查。

不過，去了又有什麼用呢？等著他們的就只是一具又一具的屍體罷了……

「……所以說，你昨天和兩個朋友一起上山，在途中遇到了三個登山隊的人，後來他們五人都遇害了，是這樣嗎？」刑警大哥的聲音把我的思緒拉回現實。我木訥地點點頭，實在不想再重複一次自己的經歷。

但刑警大哥本著職責，還是追問道：「那個追殺你們的人，你有看清楚他的長相嗎？」

聽到這個問題，我竟然有股想笑的衝動。長相？我甚至無法肯定攻擊我們的東西是否真的存在。難道我要說，是那個曾在育幼院大開殺戒的小男孩又回來了？

還是該說，他從沒離開過？

「對……對不起，那裡真的很黑，我沒看清楚……」我最後決定扯謊蒙混過去，免得被當成胡言亂語的瘋子。

「沒關係，人沒事就好。」刑警大哥拍拍我的肩，替我把水杯倒滿了，隨後才關切地問道：「需要我幫你聯絡家人嗎？」

「不用了。」我立刻應道，但為了不讓他起疑，我隨即補充道：「我已經打過電話給我爸媽了。」

「好吧……你看起來真的很糟啊，要不要去一趟醫院，順便給你驗個傷？」

「啊？好……」

刑警大哥又拍拍我的肩安慰我，這才走出小房間。我呆坐在裡頭，但這樣的獨處沒有多久，小歡的身影出現了。女孩就這麼站在門邊看著我，那空洞的眼神讓我冷汗直流。

既然已經替她找到遺體，那為什麼她的「鬼魂」還在我身邊？而且她之前也沒在育幼院以外的地方出現過，現在怎麼會……難不成是跟著我來了？

我搞不清楚小歡到底有何意圖，卻也不想開口問她。我不知道玻璃窗後到底有沒有人在看著我，要是被人看見我在自言自語，而且還是跟一個「早已死去的人」對話，肯定會被當成瘋子。

慢著，這裡是——

我猛地轉過頭，看著身後那一大片玻璃窗，窗上的倒影只有臉色蒼白的我，沒看見門邊的小歡。我再換個視角，這就看見牆角上高掛的那台監視器，上頭亮著紅燈，顯示正在拍攝。

這裡是偵訊室。但為什麼我會在偵訊室？

我這時才後知後覺地意識到狀況不太對勁。進了警局之後，刑警大哥就直接把我帶進了偵訊室，但這種地方不是審問犯人用的嗎？

一察覺蹊蹺，我隨即起身走向門口，伸手一轉門把卻發現門早已上鎖。

這到底是怎麼一回事？

我開始使勁地轉動門把，一邊用力拍打門板。小歡就這麼靜靜地看著我，然後搖搖頭。

「他們知道了。」

我沒聽懂小歡在說什麼。同時，門外傳來了腳步聲，刑警大哥開門進入，用意味深長的眼神站在門前看著我，態度早已不像先前那樣充滿關懷。我在他的瞪視下只能一步步退開，最後又坐回椅子上。

「剛剛同仁回傳了消息給我，說他們已經找到屍體了。」刑警大哥淡淡地說道，接著便一語不發地打量著我，沒有後話。

忍受不了這股沉默中蘊含的詭異氣息，我只能硬著頭皮開口問道：「然後呢？」

「我們在樂善育幼院一共找到三具屍體，兩男一女。一人摔落古井中溺死，法醫研判是在落水前就已經失去意識；一人身中數刀，被砍得肚破腸流，失血過多而死；最後一個則是從閣樓摔下來，墜樓時頭部直接落地所以當場死亡，但生前同樣遭受重創，被人用鐵撬毒打了一頓。」

「他們是登山隊的……」我聽到刑警大哥的敘述，忍不住就是一陣噁心湧上喉頭。

「那……那阿樺跟筱彤……」

「我們只找到『三具』屍體。」

我被刑警大哥的說詞弄得一怔。

「他們兩個不是在樂善死的，是在附近的——」

「那附近沒有你說的小屋。」刑警大哥的語氣不容置喙，接著才忽然追問道：「你說，跟你一起上山的朋友，一個叫高業樺、一個叫林筱彤是吧？」

我愣愣地點頭，然後看著刑警大哥把一份卷宗推到我面前，將書頁攤開。

「是他們嗎？」

映入我眼簾的是一張又一張照片，我費了一番功夫才看懂上面的景象，隨即忍不住乾嘔起來。那些怵目驚心的照片全是屍體的特寫，而且好多都血肉模糊，讓人根本說不出是在拍什麼部位。

「為……為什麼……要給我看這……這些東西……」我忍著噁心把那卷宗推離我，完全沒辦法再看第二眼。

刑警大哥的眼神帶著狐疑，沉聲問道：「你真的……一點也不記得？」

「記得什麼？」

「是你殺了他們的。你忘了？」

我被他的這句話重擊了思緒。

「你在說什麼？誰？我殺了誰……」

我猛地渾身戰慄，一把搶過那疊卷宗，仔細看著照片上的人，那竟然就是高業樺和林筱彤。兩人都穿著高中的制服，整件白襯衫被血染成殷紅，勉強能看見衣服上繡了三條槓，看來是已經升上了高三。

倒地的高業樺不知道被什麼東西攻擊過，整個人支離破碎，頸子像被人硬生生扭轉了一百八十度，方向完全不對。林筱彤的屍體也沒好到哪去，肚子被人劃開了一個大洞，臟器大概有一半都掉了出來。

這畫面對我來說既陌生又熟悉，我的耳邊甚至響起了他們的尖叫聲，以及他們臨終前的吶喊——

還有那溫熱的液體潑灑在我身上，將我浸潤在鐵鏽味之中。

我低頭看著自己的衣服，覺得眼前像是有好多畫面重疊在一起。我身上穿的到底是染了血的制服，還是T恤……

古井邊、樹叢裡、還有閣樓上的打鬥……

夢境、鬼影、男孩……

「你殺了所有人。」

就在刑警大哥說出這句話的同時，我腦海裡的思緒一片翻騰，所有線索通通拼湊了起來，像是把遺失的碎片都找回來一般，終於組成了一幅完整的圖畫。

這時，偵訊室的門打開，幾個人魚貫走了進來。我看見最後一個進門的人，雖然身上沒了白袍的模樣讓我有些不適應，但那張臉我看了太久——甚至該說那幾乎是我這兩年來，少數能看到的面孔之一。

當他一走進偵訊室時，我彷彿被一股巨力撞上，直接癱軟在地，覺得整個世界都在打轉，把我捲入漩渦之中。

我爆出了淒厲的尖叫。

「不要！我不要回去！我不要回去啊啊啊啊啊！」

好幾雙手伸過來制伏住我，那個人則小心翼翼地從他的提袋裡，拿出了針筒與藥劑，隨後逐漸向我逼近。

「沒事了，小暐，沒事了……」那人用輕柔的嗓音安撫我，接著將針筒插入我的身體。

我的精神開始恍惚，眼前的畫面瞬間刷黑，身體也不再感到任何痛楚，最後只剩下聽覺還依稀存在著。

「你這個殺人魔。」

那是我失去意識前聽到的最後一句話。只是，那嗓音聽起來就像我自己的……

Scene 7：
出來混，遲早都要還的。

項陽又回到山上的屋子時，所有人都是嚇了一大跳。接著眾人頭一次大起膽子，紛紛用責備的眼神看向一旁的紀子丞，難以置信下午出了那種事之後，居然還讓項陽又來繼續拍片。

大概是看出大家的眼神很不友善，項陽趕緊解釋道：「放心吧，我沒事，就是一些皮肉傷而已……真的啦！我還做了全身的X光呢！沒傷到骨頭，就只有外傷而已，擦擦藥、睡一覺就好了！」

眾人都是露出不信邪的表情，到最後是項陽亮出了診斷證明，這才讓他們信服。

下午在井邊的那場意外，可把大家都嚇壞了。原本應該撐得住項陽的繩索居然莫名其妙就斷裂，於是他就這麼硬生生摔在已經乾枯的井底。那口井深度少說也超過三層樓，重力加速度的結果必定很可怕。

只能說項陽福大命大，那井底有一層厚厚的軟泥和腐爛的枝葉，替他減緩了衝勁，所以反倒是他一邊落下一邊掙扎時，弄出的擦傷還比較多。

原本紀子丞不願意讓項陽回來拍片，要他先回宿舍、或乾脆回家好好休養一陣子再說，但項陽難得有了反對意見。

他堅持自己現在的狀態正好，如果放下了拍攝工作，之後不曉得得花多少時間才能把感覺找回來，所以非要回來繼續工作不可。紀子丞最後並沒有和他爭辯，很乾脆地順著他的意思，又把人帶回了山上。

但今天是不可能再進行任何作業了；就是項陽肯，其他人也絕不允許他這樣幹。在盯著他好好把遲來的晚飯通通吃光後，眾人有志一同地將他趕回房間休息，還放話要是在搭景裡看到他，就要把他綁在床上一整天。

回到房裡，紀子丞又是坐在電腦前，看來是在沉思劇情。項陽沒有出聲打擾，自己一個人進浴室裡艱困地梳洗，沒意識到其實他在淋浴間裡的各種哀號，外面的人都聽得一清二楚。

紀子丞嘆了一口氣，雙手放在鍵盤上卻是沒有動靜。他一個小時前就已經打開檔案了，但心思紛亂得一個字也打不出來，所以絲毫沒有進展。他大可以關了電腦，等有靈感了再來工作，但他卻寧願瞪著螢幕發呆。

因為，他不知道要怎麼處理現在的情緒，也不知道怎麼面對項陽。

在門外，他們是導演與演員，彼此的交流可以聚焦在工作上，可是進了房間後，有點像進入了私人的領域，氛圍頓時有微妙的不同。

這樣朝夕相處的他們，算是朋友嗎？還有，他們似乎還有個前輩與後輩的關係在，發生這樣的事，紀子丞應該要表現怎樣的態度？

但這其實都只是很無所謂的小事，真正讓紀子丞惱怒煩躁的，是——

紀子丞回過神，因為他聽見電腦傳來通訊軟體的撥號聲。他點下通訊鍵，螢幕便亮起了一個人影。

「晚安啊，聽說我們的大導演居然摔傷了小鮮肉，這可真是天大的新聞。」螢幕上，陸堯開玩笑地說道。既然是同一個經紀人，這樣的訊息他當然很快就知道了。

看紀子丞沒有回應，陸堯才斂起笑容，換個口氣問道：「聽說他只是小傷而已，你怎麼這個表情？還有發生其他的事？」

「沒有其他事，但心情就是很差……」紀子丞很坦白地應道，眼神裡盡是懊惱。

「你這控制狂，事情發展一不如你所料，你就這副死樣子。」陸堯挖苦道，隨後抬眼看了看紀子丞身後的景象。「我們可愛的小師弟呢？」

「你沒聽到聲音嗎？」紀子丞把筆電挪了位置，另一頭的陸堯馬上聽到一牆之隔也擋不住的慘叫。

「嘖嘖嘖，看看你把人家怎麼操的，真是魔鬼。」陸堯誇張地搖頭嘆氣，惹得紀子丞忍俊不禁。

項陽一走出浴室，看見在和影帝視訊的大導演居然在笑。從發生意外、到去了醫院、最後回到山上，紀子丞的神情始終帶著怒火，此刻看見他一掃陰霾，項陽這才鬆了一口氣。

「啊，小師弟，晚安。」陸堯發現畫面裡多了一個人影，這便很親切地出聲招呼。

「師……師兄！」被點名的項陽緊張得要命，光喊兩個字就讓他差點咬到舌頭。眼前的人可是傳說中的大影帝、連莊王，就是進了同一家經紀公司，項陽也從來沒和對方有過接觸，所以免不了又要上演一齣粉絲見偶像的狀況劇。

紀子丞倒是很熟悉項陽那個表情，因為對方頭一天和自己見面時，也是那副模樣，顯然一個偶像明星該有的「高冷」和「淡定」，項陽目前還毫無長進。

見項陽還遠遠地站著，陸堯在螢幕那頭招手道：「過來點，晨姊要我檢查你有沒有弄傷了臉。她說，嗯，原句引用：『身為偶像，臉比命還重要！要是破相了，我就把他們連皮帶骨扔進油鍋炸！』不用看旁邊，子丞，你就是晨姊說的『他們』之一。」

「我有把臉護好，拜託師兄幫我跟晨姊美言幾句，叫她手下留情。」項陽哂然道，這就過來和紀子丞分享那不怎麼大的視窗。

三人隨意閒聊了一會兒，項陽發現私底下的陸堯和螢幕前的樣子差距不小。雖然還是很幽默風趣，但陸堯在粉絲面前表現得比較具成熟魅力，而不是這樣無所顧忌；紀子丞也有點不同，在和陸堯說話時顯得非常放鬆，似是毫無壓力。

這種像多年老友般熟稔的關係，項陽在進入經紀公司後就沒有體會過了，所以心裡忍不住有些羨慕兩人如此自然的互動。

能在演藝圈裡交上推心置腹的好友，真是件不容易的事。項陽心道。

這時，紀子丞放在桌上的手機震了震，他拿起來一看，是正在幫他處理其他場景的副導演有事情想和他商量。他有點想要放置不理，但骨子那個工作狂的習性卻不允許他這樣，於是只能暫停了這段愜意的交談。

但陸堯見狀卻是不急著說再見。「你去忙你的，我要跟小師弟談心。」

見紀子丞居然皺了眉，陸堯立刻埋怨道：「就是借我一下男主角，用不著那麼不開心啊，紀導你好小氣。」

紀子丞說不過陸堯，只能不甘願地離開房間。項陽不太懂剛才是怎麼回事，一臉困惑地望向陸堯，但後者只是回以微笑。

陸堯等紀子丞關上房門後，這才開口接續剛才的對話。

「那麼，現在就來說一點男主角們的專屬話題好了。」

¤

白妍昕一個人獨自坐在屋子的後院，晚上的風很涼，但她一點也不這麼覺得，大概是因為手裡的那杯酒給了她的身體一些熱度。不過她也只是小酌一杯，不敢真的喝太多，怕影響了明天的工作狀態。

劇組不少人都已經休息了，只剩幾個後製人員還在討論影片剪接。下午發生了演員受傷的事，大家的情緒起伏都很大，所以早點休息也好，把那股紛亂的狀態留在今日，起床後又是充滿幹勁的一天。

喝完了最後一滴酒，白妍昕拿著杯子的手抖了一下，玻璃杯就這麼滑了出去。本以為它要摔在地上裂成無數碎片，一隻手及時伸過來接住，沒讓它落在地上。

「獨自喝悶酒，這和少女偶像的形象可不搭。」謝璟淡淡地說道，把杯子擺回桌上，隨後跟著坐下。

白妍昕冷哼一聲，語帶戲謔地道：「就想說你怎麼還不來興師問罪。」

「我什麼都還沒說呢。」謝璟無所謂地聳肩。

「我只是想嚇嚇他，我不知道繩子會真的斷掉。」

「哦？那誰又是被嚇到的那個？」

聽到謝璟的反詰，白妍昕的表情扭曲了一下，回想起過往那段黑暗的經歷。這是第二次了，事情的發展就這麼無預警地邁向失控，雖然結果比上一次好太多，她卻還是心有餘悸。

沒錯，的確是白妍昕對道具動了手腳，才會發生今天這起意外。但她起初真的沒有料到，事情會鬧得這麼嚴重。

然而就算她此刻這麼說，又有誰會相信她的話？

項陽摔下去的那一刻，她原本應該感到一絲過癮才對。真相是，她被嚇得雙腿發軟，以為那場惡夢就要再次上演。

「其實我原本打算和項陽說說那個故事，就是某個女孩不甘心與人共享注目、結果用霸凌害得另一個女孩自殺的故事。但我只說了個開頭，他就阻止我了。」謝璟瞥了一眼白妍昕，隨後勾起笑。

「他說：『一個人為了擺脫過去，改名換姓、從頭來過，這其實是需要很大的勇氣的，所以我們就不要去挖掘她的過往了，那只會讓她更痛苦而已。』

「我那時候聽他這麼說，第一個反應是想扁他。我實在受不了他對妳這麼溫柔。但那是他待人處事的方式，我無權批判，只是覺得他沒必要讓自己吃虧。現在看來……到底誰才是吃虧的那方，似乎還說不準。」

白妍昕看著謝璟，不太明白對方到底想要做什麼。謝璟沒有像最初那樣指責她，但似乎也不打算規勸；還有，白妍昕聽到他又拿項陽的作為來和自己比較，心裡倒是更加惱怒了。

「我已經聽夠你稱讚他了，這麼喜歡他，拜託你去當他的面說。」白妍昕的語調尖刻無比。「說吧，快說我是個手段骯髒的賤人，如果再不停止，你就要把我過去、現在幹過的壞事通通昭告天下，讓我再也沒有翻身的機會。」

聞言，謝璟竟是笑了。

「我為什麼要那麼做？如果阻止了妳，反而是幫了妳的忙啊。」

白妍昕不解地看向謝璟，後者的眼神中帶著冷酷與嘲弄。

「這時候就阻止妳，告訴妳『回頭是岸』的話，那可就太仁慈了。不如保持沉默，看妳繼續向下沉淪，然後總有一天，妳會在谷底，被自己的作為所帶來的報應一口氣淹沒。

「善良這種事，留給項陽那類的人去做就好。我只是個喜歡冷眼旁觀的路人……偶爾落井下石。」

語畢，謝璟起身離去，把這席話留給白妍昕自己慢慢體悟。白妍昕此時感覺自己彷彿落入冰窖，一陣陣的寒意自腳底湧上，將她一點一滴啃噬。

最後，她流下了滿是不甘的淚水。

「我只是在追求我渴望的東西，難道我不該有這樣的想法嗎！」

她想要被人重視、想要擁有名氣、想要光鮮亮麗地站在舞台前，接受粉絲們的愛戴；她想感受聚光燈打在自己身上的熱度。

這些，就是她當初想要踏進演藝圈的理由。

這樣的念頭確實很膚淺沒錯，可是她並不覺得羞恥，因為她知道很多人都跟她有一樣的渴望，卻沒有勇氣和毅力選擇這樣的路。那些人只會成天做白日夢，在現實裡當個默默無聞的普通人。

她一直都知道天底下沒有白吃的午餐，她知道想要擁有什麼，就得拚了命去爭取。所以她不懂，這一路走來，為何始終沒有人看到她的付出、她的努力，只會責難她的手段和心態？

聽見白妍昕的嘶吼，謝璟停下腳步，淡淡地應道：「不，這樣的想法正常極了；這才是最可悲的地方。」

他抬頭看著別墅二樓的窗戶，鵝黃的燈光在他注視了幾秒後暗去。

「正因為自己無法擁有某些事物，人才會拚了命的追求……如果妳已經得到了妳想要的，還會有渴望嗎？」

¤

「說吧說吧，這可是很難得的機會哦，可以大肆抱怨我們可敬的大導演。」

「欸？這……呃，也沒什麼好抱怨的……」

螢幕上的陸堯露出狡黠的笑，「就知道你會這麼說。」

項陽聞言便有些難為情地搔搔臉。方才的聊天，幾乎都是紀子丞和陸堯在說話，他只負責聽和陪笑，現在少了紀子丞，他還真有點不知道該怎麼和前輩繼續說下去。

陸堯當然看得出項陽的侷促，這就好心地接話續道：「和子丞合作，很累很辛苦，對吧？我啊，不管是第幾次拍他的戲，都會有種被他『澈底榨乾』的感覺……說起來，子丞還真是個可怕的導演。」

聽到陸堯的比喻，項陽忍不住笑了。「好像真的是這樣呢。不過，雖然很辛苦，但不覺得累。因為，每天都能感覺到自己在進步，非常有成就感。」

項陽在接拍這部電影前，真的不曉得自己會和「演戲」這塊領域有掛勾。隨著這幾個月來的經歷，他越發覺得自己好像喜歡上了演戲，覺得在鏡頭前扮演另一個人，是件十分過癮的事。

「雖然你這麼說，但你應該也知道，打從這部電影開拍，許多人都在等著看你什麼時候要放棄。這不是針對你，只是『唱衰』是人的習性；大半的人，總見不得別人好。」原本還一派輕鬆的陸堯忽然換了語氣說道，表情顯得有些冷漠。

「這不禁讓人好奇，你這麼努力撐下來，是輸不起、不想被這些人看扁，還是真的有熱情，將自己投身在這部電影裡？」

聽到陸堯這近似質問的話語，項陽也收起笑意，沉澱了會兒才很認真地答道：「我想，兩種情緒都有。我當然知道很多人等著看我笑話，老實說，最初我也這麼看待自己了，就覺得這次的合作到最後肯定變成鬧劇一場。

「只不過，世上有很多事情，不去嘗試的話是永遠不曉得結果的。不管其他人怎麼想，我都不會輕易放棄這樣的機會。再說了，沒有多少人能夠演紀導的作品啊，我如果就這麼半途而廢，豈不是太糟蹋了？

「雖然我是個新人，但我也知道，演藝圈不是個光靠『努力』，就必定有收穫的地方，『機運』還是佔了滿大的比重。我不知道自己到底能紅幾個月、還是好幾年，所以我必須將這部電影帶給我的效益最大化。

「只是，想要撐到最後一刻，沒有熱情支持是不可能的；哪怕是『我就是想紅』這樣的理由，也算是種熱情。我不可能對這部電影一點付出也沒有，就想換取好處。」

項陽頓了頓，隨後露出微笑續道：「我不是單純只想著『把電影拍好就是了』，其他的念頭，像是不服輸、想要證明自己、對演戲的熱情……這些我都有。更重要的是，我不會讓自己失望，更不會讓紀導失望。」

「子丞嗎？」

「師兄跟我說這些，其實不是想知道我的想法，而是想知道，我會不會辜負紀導的期待，對吧？」

陸堯凝視著眼前的人，用他這些年來所得到的經驗來評估這個後輩。項陽總透著一股天真無邪的氣質，年輕又青澀，似是對周身的事物沒有太多想法。然而，陸堯看得出來，這只是項陽的「選擇」。

他只是選擇用單純的態度來面對事情，不代表他就真的無知或甚至愚蠢，不懂得揣度人心。

「這部電影很不一樣，對子丞來說更重要、更有意義。」

「我感覺得出來。」

兩人相望了半晌，項陽才哂然道：「真羨慕紀導，有像陸師兄這樣的好朋友。」

聞言，陸堯也笑了。

「胡說，誰跟他是好朋友！媒體不是最愛報導我們兩個人交惡了嗎？告訴你，那都是真的！我超討厭他！」

「哦？是這樣啊？」

「是啊！那個渾身藝術細胞的傢伙最神經質了，還是個控制狂，誰受得了！」

剛結束討論的紀子丞，一上樓就聽見房裡傳出笑聲，打開門看到的，赫然是他的前任與現任男主角有說有笑的景象，頓時大為光火。

陸堯見紀子丞的身影出現在視窗裡，這就火上澆油地嚷嚷道：「我已經策反小師弟，組成紀子丞導演的『男主角受害者聯盟』。他現在和我是同一國的！我們要把你虐待演員的證據公諸於世，怕了吧！」

紀子丞聽完這話，表情更惱怒了，上前就對項陽用命令的語調道：「你該睡了。」語畢，紀子丞直接切斷通話。陸堯話都還沒說完就消失在螢幕前，只好不停用「你這沒禮貌的傢伙！」的文字訊息，及大量的表情符號洗版，以表示他的憤怒。

項陽一吐舌，這就乖乖離開梳妝台，胡亂把醫生開的消炎止痛藥吞完，回頭熄了燈準備躺平。他走過筆電前，無意間瞥了一眼螢幕，發現視窗上的訊息竟是在呼喊自己。

紀子丞這時已經氣呼呼地進浴室裡沖涼了，項陽猶豫了會兒，隨後躡手躡腳地坐回位置上，回應陸堯的訊息。

堯：小師弟！呼叫小師弟！

丞：嗨，這裡是項陽☺

堯：子丞呢？

丞：紀導在洗澡！

堯：很好很好，剛剛忘了跟你說件事
以後有什麼想法，可以不用客氣地告訴我們偉大的紀導
他這個人，很容易鑽牛角尖
而且又是大劇作家，所以腦子裡常常上演小劇場
如果你有什麼想法，就儘管說出來，別讓他猜

不然他會自己想個沒完沒了

項陽想了想，好像有點看出陸堯話裡的意思，但不是很肯定自己是否理解正確，正想回覆對方問個仔細時，陸堯卻已經接著打了另一行字。

堯：OK，相信以小師弟的悟性，不需師兄我多加提點了

祝你們一夜好眠，晚安☺

隨後，視窗上的訊息就變了，方才陸堯說的那串話被重新編輯，整段消失。項陽愣了幾秒，也跟著把自己的回應刪除掉，最後行動困難地爬到床上躺好。

紀子丞不一會兒後就從浴室出來，走到桌子前直接把電腦關機了，讓還沒找出一個舒服睡姿的項陽有些詫異。

「沒手感，乾脆早點睡覺。」紀子丞一眼就看出項陽的困惑，直截了當地應道，然後隨手把燈關掉。

房間裡唯一的光源滅去，只剩下一抹月光從飄動的窗簾下透出，四周安靜得能聽到樹林裡傳來的風聲。項陽思索著方才陸堯留給他的訊息，最後終於鼓起勇氣開口。

「紀導。」

「嗯？」

「我知道從開始拍片以來發生的一些怪事，其實是你安排的。你刻意保留一些橋段不告訴我，是因為怕我如果用『演的』，就會很不自然，所以才做一些……裝神弄鬼？嗯，總之就是用一些『偏方』好讓我入戲。但今天——」

「不！我絕不會做那種事！就算我為了這部電影再怎麼不擇手段，也不會做出今天這種事！」紀子丞急匆匆地打斷了項陽的話，轉過身來看著他。

「我絕對不會傷害你。」

「這我知道啊。」

雖然在黑暗中看不清項陽的表情，但也能從他的語調裡聽出一絲笑意。

「你或許很嚴厲、很霸道，但你是個負責任的導演，所以是不可能傷害你的演員的，這點我一直都知道。」項陽的口吻聽起來無比堅定。

「今天的事，就是一場意外罷了，但紀導你一直表現得像是你的錯、是你害我受傷的……請不要這樣。我會受傷不是誰的錯……好吧，要怪就怪那條中看不重用的爛繩子吧！反正，這不是紀導的錯，所以請不要再一臉自責的樣子了。」

但紀子丞卻不這麼想。

「就算是意外，也是我的縱容造成的。」

他這話一出，相當於承認自己早就知道劇組裡有人在搞鬼，但他卻選擇無視這個害群之馬。其實，他會這麼表現的理由很簡單，他覺得這種事沒什麼大不了，只要不礙到他拍片，白姸昕想怎麼鬧，他都無所謂。

他也相信，項陽不會被這種低劣的騷擾影響，能維持專業、把這部片演好。

如今，紀子丞害怕這只是他的一廂情願。

說不定項陽根本難以承受這樣的攻擊，但把他拖進這一切的導演，卻沒有保護他，反而繼續縱容霸凌者。因為對導演來說，完成他的作品才是最重要的，其他的事他一點也不在乎。

「我的行為如此自私，難道你一點也不生氣嗎？」

就是這個問句，讓項陽終於能肯定紀子丞到底在煩心什麼。

「為什麼要生氣？而且說實話，我反而還覺得挺高興的。因為紀導對我花了這麼多心思，就為了讓我成為你心目中的那個『張書暐』，所以就容不下其他事來分神了，只專注在我一個人身上。」

「……原來還有這種解讀方式嗎？」

「有啊，我天天都這麼想，然後帶著自豪又愉悅的心情上工。」項陽說完這話，隱約聽到黑暗中傳來悶笑聲，這才猛地覺得有點羞恥。

項陽決定怪罪在醫生開的藥上，裡面肯定含有什麼奇怪的成分，才害他忽然變得這麼恬不知恥。

然而，就這麼一段聽起來很簡單的話，項陽輕鬆地化解了紀子丞腦海裡那揮之不去的煩悶；就如同他的笑容，總有一股感染力，可以轉換他人的心情。

「自豪又愉悅嗎？我還以為是『害怕』。」紀子丞忍不住調侃道。

「嗚，是也滿害怕的……」項陽摀著臉說道，儘管房裡黑得根本看不清他的表情。

「今天在醫院等報告的時候，把剩下的劇本看完了……好可怕！超可怕！死好多人！紀導你到底為什麼會有靈感寫出這麼可怕的故事！」

「聽說，作品常常能反映出一個作者的內心世界、以及他的經歷……」紀子丞語帶玄機，一邊悄聲地說著，一邊慢慢欺近項陽。

項陽可以感受到床鋪深陷下去，還有對方身上傳來的熱度，這就趕緊摀著耳朵道：「哇！當我沒問！我不想知道！我會做惡夢！」

「那就快點睡吧。」紀子丞饒過了項陽，但接著又判了個極刑給他。

「明天天一亮就叫你起來繼續拍戲，一口氣拍到晚上，剛好把夜戲都解決了。」

「暴政！這是暴政！我是傷患啊！」項陽發出悲鳴。

大導演拉起被子，一把將他的男主角整個掩埋在被窩裡。

「你就當個自豪又愉悅的傷患吧。」

Scene 8：
最有可塑性的寄生蟲是什麼？是人的想法。

《一個人的捉迷藏》的劇組在緊鑼密鼓的行程下，終於將外景的部分通通拍攝完畢。大半演員的戲份也算告一段落，只剩下幾幕收尾，這部電影就能宣告大功告成。

但這幾個月的拍攝工作下來，還是沒有人知道這部電影的結局到底是什麼。紀子丞就是遲遲不願公布最後一幕的劇本，非得把大家的好奇心都養得肥滋滋的不可。

從山區的外景回來後，大導演沒讓劇組馬上趕工，而是放了眾人幾天的假，算是給大夥兒好好休息一下再上工。

但可憐的男主角依然沒享受到假期，因為前面忙著回醫院複診，之後又被經紀人抓去見了幾個電影贊助的廠商，在他反應過來前就已經被推進了交際應酬的世界中。

終於回到了久違的宿舍裡，項陽都快不記得自己的房間長什麼樣子。當他躺在那張舒適的小床上時，卻忽地有股奇怪的感受，覺得似乎少了什麼。

半晌後他才意識到，是因為他跟別人同睡一張床那麼多天，所以已經習慣了躺下時旁邊也有個熱度的感覺。

這時，放在床頭的手機響了起來。他一聽又是經紀人專用的奪命鈴聲，忍不住哀嚎了好幾聲，有氣無力地接起電話。

「項陽啊，在休息嗎？」蔡晨梓的聲音在電話那頭聽起來有點模糊，背景音很吵雜，還有此起彼落的人聲，似乎很忙碌的樣子。

這不是廢話嗎？項陽在心裡吐槽，但還是振作了精神回道：「我在宿舍。是有什麼活動要去參加嗎？」

「啊，不是活動，是讓你去見個人……應該說小丞想帶你去見個人，問你願不願意去。」

項陽愣了愣，隨後又忍不住覺得好笑。雖然是徵詢了他的意願，但大導演提出的要求，他這個小男主角敢拒絕嗎？

「就找我一個人而已嗎？是去見誰啊？」

「對，就你一個，去見小丞的……呃，去見陳老師。」蔡晨梓說到中途還停頓了一下，像是改了原本要說的字。「你OK的話，我就跟小丞說啦！如何？能去嗎？」

「當然可以。」項陽聽到蔡晨梓說的那個稱呼，很直接地就猜測那可能是某位前輩。對方說不定是紀子丞在演藝圈的指導人之類的，反正聽起來就是很崇高的樣子，如果有機會見上一面的話，項陽自是不能錯過。

和蔡晨梓通話結束後幾秒，項陽就收到一封寫了時間和地點的簡訊，讓他知道何時該去跟紀子丞會合。

當他依約出現時，有點訝異他們居然沒有要坐公司的車子，而是隨便攔了一輛計程車就出發了，看來似乎是趟私訪的行程。

路途上，紀子丞就跟以往一樣，又是捧著一本書在看。他也就這種時候會給人滿滿的書卷氣息，一般人絕對無法把此刻的形象，和他在導戲時那幾近兇神惡煞的模樣做聯想。

但項陽早已習慣這種反差，而且大概是相處了這麼長的時間後，關係變得熟稔許多，這還很自然地就對紀子丞規勸道：「紀導，坐車看書對眼睛不好啦，會散光哦。」

「一上車就玩了十幾分鐘手機遊戲的人，有資格說這話嗎？」

「嗷……」

紀子丞的反問立刻擊敗項陽，不過稍後他還是拿出了書籤夾進書頁裡，小心翼翼把書收了起來。

項陽坐了這麼久的車，遊戲也沒得玩了，實在無聊得很，這就抑不住好奇心問道：「紀導，我們要去見的人，和你是什麼關係啊？」

「陳老師以前在大學教書，但現在已經退休了，在養病。」紀子丞淡淡地說道，但根本就沒回答到項陽的問題，害後者只能繼續一頭霧水。

兩人在一個有點偏僻的地方下了車，這裡離市區不算遠，但周遭沒有什麼商店或辦公大樓，就只有一般的住宅，環境頗為清幽。紀子丞領著項陽爬了一段坡，最後停在一棟大屋之前。

項陽一直到走進建築後才發覺，這裡是一間療養院。屋子門裡門外都沒有任何告示或招牌，也不會給人任何醫療機構的冰冷感受，反而有點像佔地很大的民宿，環境挺舒適愜意。

紀子丞熟門熟路地填寫完訪客記錄後，帶著項陽走進了一間看起來像是娛樂室的地方，裡面有牌桌、棋桌，書報架和雜誌櫃，甚至還有電視遊戲機。所有人都安靜地做著自己的事，彼此間沒什麼交流。

那個女人就坐在窗邊，那位置有著最好的光源，可以照在她手裡的書頁上。她不像大部分的人那樣抓著書封和書底，而是一手捧著書脊、另一手輕輕地翻閱，如此一來才不會在書上留下摺痕。

項陽會立刻注意到她，是因為那動作，就和紀子丞一模一樣。

感受到視線，女人轉過頭，露出了訝異的神色。紀子丞這時才走上前給對方一個擁抱，而跟在他身後的項陽還搞不清楚狀況，只能朝對方露出和善的微笑。

「陳老師，妳好。」項陽秉著禮貌當然是趕緊出聲打招呼，但對方沒有應話，而是繼續用困惑又略帶排斥的眼神看著他。

「媽，他是項陽，我新電影的男主角就是他演的。」紀子丞對陳縈介紹如此，隨後又補充道：「他不是什麼可疑的人，妳不用擔心。」

項陽慢了半拍才聽出剛剛那段話裡透露的訊息，當場感到晴天霹靂，但還是努力收住那股震驚，沒在陳縈面前表現出來。不過，他末了還是用無助的眼神看向紀子丞，求對方給自己一點指示。

紀子丞沒有理會項陽，而是看著陳縈半晌，讀出她眼神中的忐忑，隨後伸手搭在項陽的肩膀上。

「他不是妳的幻覺。」

聽到兒子這句話，陳縈才像是鬆了一口氣，卸下那個防衛的眼神，對著項陽露出略帶歉意的微笑。

「小丞，你以前從沒帶朋友來見我啊。」陳縈又看了一眼項陽，像是在評估什麼，隨後才續問道：「怎麼有空來？電影拍完了？」

「快拍完了，但接著要忙後製，還要趕宣傳，行程排得很滿，所以趁現在有空檔就先過來看看妳。」

項陽本來想解釋自己不是紀子丞的朋友，比較像是下屬才對，但轉念又覺得這種話講出來好像不妥，因為那聽起來像是他不想跟紀子丞有私交似的。

而且他過了會兒才意識到，紀子丞就這樣默認了，沒有指正陳縈的說法。

這時，陳縈忽然抬眼看了一下走廊，接著露出了慈愛的笑容，舉手揮了揮。

「小歡！快過來吧！小丞又來看我了。」

少女聞言立刻蹦蹦跳跳地衝過來，一道擠進了沙發裡，興奮地道：「紀導演！好久不見了！電影拍完了嗎？什麼時候上映啊？好想看！」

接著她看了一眼項陽，忍不住湊到陳縈身邊道：「陳老師，他是誰啊？也是個大帥哥呢，嘻嘻……」

陳縈對小歡介紹了一下項陽，接著就轉頭看著他，像是要他也說幾句話。但項陽這時腦袋完全轉不過來，紀子丞朝他使了眼色，他才一頭霧水地說了聲「妳好」蒙混過去。

紀子丞像是沒有察覺到任何異樣，就這麼自然地跟陳縈繼續聊了下去，偶爾會用眼神暗示項陽，讓他搭上幾句話。不過，多數時候都是他在主導話題，像是早對這樣的狀況習以為常，應付得很輕鬆。

項陽費了一番功夫才總算弄懂蹊蹺之處，但心情卻是一下子難過了起來，連笑容都顯得有些勉強。

幾個人說了一會兒，紀子丞看見定時來查看的醫生，這便離開眾人，上前和對方討論起陳縈的病情。被留下的項陽更加緊張了，只祈禱紀子丞可以兩三句話就說完，趕緊回來主持大局。

「拍電影感覺起來就是超辛苦的啊！不過應該也有發生什麼有趣的事吧？好想知道哦！」小歡滿眼期盼地看著項陽，一旁的陳縈也等著他分享，但發現對方遲遲沒有反應，這才伸手拍了拍他。

「怎麼了嗎？」

「啊，沒……沒事……你們剛剛在說什麼？可以再說一次嗎？」項陽連忙問道，慌張全寫在臉上。

陳縈看著他手足無措的樣子，隨即明白了這到底是怎麼一回事。

「哎呀，被發現了。」小歡做了個鬼臉。

當紀子丞回到位子上時，項陽正露出可憐兮兮的眼神看著他，而一旁的陳縈則是一臉的懊惱。她一見兒子走過來，立刻狠狠瞪著他。

「你應該告訴我的！」陳縈不滿地低吼道，一手不停扯著頭髮，把自己弄得很狼狽。

紀子丞制止了母親的動作，用平淡的口吻道：「沒關係，我們又不介意。醫生也不覺得需要再加重妳的藥量，維持現狀就很好了。」

「才不！一點也不好！」陳縈惱怒地掙脫兒子，隨後把臉埋進雙手之中。

「我就是個成天跟空氣說話的瘋子！瘋子、瘋子、瘋子……」

「妳不是瘋子，妳只是病了。」紀子丞低語道，將陳縈摟在懷裡。儘管他的神情看起來很鎮定，但一旁的項陽總覺得，那是紀子丞「演」出來的，只為了安撫母親，不讓她再受到任何刺激。

驀地，項陽開口道：「陳老師，妳知道嗎，其實我本來是要當歌手的，但紀導偏要我這個門外漢給他演戲，還演男主角這麼重要的角色，真是害慘我了啊！」

陳縈聞言便露出了無奈的笑，隨後還責備地看了兒子一眼，看來是很瞭解紀子丞蠻橫起來時有多糟蹋人。

聽到項陽如此抱怨，紀子丞也覺得有些好笑，這就配合地道：「所以你現在是後悔給我拍電影了？」

「倒也不是，但是電影裡都沒讓我好好展現一下歌喉或舞技，這樣都沒人知道我真正的才能是什麼了啊！」

「那麼現在給你機會，你就好好表現一下自己的才能吧。」

「好啊！」

紀子丞愣了一下，因為他那句話是開玩笑的，沒想到項陽會應得如此順口。後者露出狡黠的笑，像是挺自豪自己可以給紀大導演來個措手不及。

接著，項陽真的輕哼起旋律，然後用他純淨的嗓音唱道：

還記得嗎？那日的天氣晴朗
你指著遠方　說你想要去外頭的世界闖蕩
不害怕嗎？終點未知的遠航
踏出避風港　你問我人生能幾次年少輕狂？

背對著家鄉　你找到新的天空飛翔
但總有風雨　給你帶來沮喪
迷失了方向
忘記了開朗
停下冒險的篇章

迎接陽光　拾起你遺落的希望
擁抱陽光　喚醒你沉睡的夢想
追上陽光　拋開一切的煩惱與徬徨　不再迷惘
向著陽光
這就是　我們的信仰

別忘記了　你曾開懷地高歌
我打著節拍　想讓你再次擁有最初的快樂
別氣餒了　即使充滿著苦澀
我用力呼喊　希望你努力堅持到最後一刻

靠著我的肩　我用笑容陪你一整天
就算闔上眼　我也在你身邊
在哭泣之前
我就能聽見
你的難過與思念

迎接陽光　拾起你遺落的希望
擁抱陽光　喚醒你沉睡的夢想
追上陽光　拋開一切的煩惱與徬徨　不再迷惘
向著陽光
這就是　我們的信仰

在項陽唱歌的同時，整個房間如同靜止了一般，每個人都被他的嗓音感染了一絲平靜。他的歌聲算不上讓人驚豔的類型，但聽起來非常舒服，而且很純樸，沒有炫技或油膩的轉折，反倒讓整首歌更動聽。

待項陽停下後，紀子丞才問道：「這是什麼歌？」

之前在山上那棟別墅的倉庫裡，紀子丞已經聽過項陽的歌，但那幾首都是舞曲，歌詞和調子聽起來華麗多了，風格和這首旋律樸素的歌相差很大。

「這是我的主題曲，哈哈。」項陽開懷大笑。

「以前還在學校的時候，跟幾個玩樂團的朋友寫的歌，說以後當了歌手、出專輯的話，就要把這首當成主打歌！後來我還有成功說服公司哦，讓他們願意收錄進專輯裡。不過……嗯，來到J. C.之後，一直沒人跟我討論以後的計畫，所以這些歌就一直擺著，沒用上場的時機。」

說到此處，項陽沒有表現出絲毫沮喪，反而還很興奮地道：「今天終於讓我逮到機會唱給大家聽了！爽！」

結果這時居然有其他的病人跑來問項陽可不可以點歌，於是他就這樣被人帶走了，跑到娛樂室中間的空地做起了街頭表演。

因為項陽的歌而一掃陰霾的陳縈，笑笑地看著那個爽朗的大男孩，這就轉頭對紀子丞道：「對人家好一點，知道嗎？」

看紀子丞那副故作困惑的表情，陳縈隨即教訓道：「別以為我不知道。你這孩子，做事總是完美主義就算了，還要別人也達到你那嚴苛的標準……有時候真的會懷疑，你根本是故意要把身邊的人都嚇跑。」

被陳縈一語中的，紀子丞也說不出話來反駁，只能心虛地應是，順便慶幸沒讓項陽看見他被母親教訓的狼狽樣。

兩人又陪了陳縈好一會兒才離開，項陽臨走前簡直成了療養院的大明星，不管是病人或是家屬，就連醫生都在問他什麼時候還會再來，再陪他們聊天、載歌載舞給他們看。

「原來，這就是當偶像的感覺。」項陽一臉嚴肅地說道，害一旁的紀子丞沒辦法抉擇到底是要先大笑還是吐槽。

兩人走下坡道時，項陽這才開口問道：「紀導，你為什麼要帶我來這裡？為什麼……要來見陳老師？」

紀子丞停下腳步，沉澱了一會兒後才緩緩開口：「我答應過要給你一個解釋，所以我想，帶你來見陳老師，會是最直接的方式。」

項陽想起了幾個月前他們一起吃火鍋的那一晚，那時的他還對現況感到徬徨無比，絕對料想不到自己真的能撐到現在。

他走過來了，而且收穫很多。

「紀導那時不是說要等最後一幕拍完，才要告訴我？現在就把答案說了，不怕我聽完就走人？」項陽笑著問道。

「我好像還答應要請你吃大餐？還沒吃到之前，你捨得走嗎？」紀子丞露出淺淺的微笑，隨後才續道：「老實告訴你吧，最後一幕的劇情，不是我壓著不給大家知道，而是連我自己到現在也還沒決定好要怎麼呈現。」

聽到這麼有份量的「告白」，項陽還真是有點不知道該怎麼反應。電影都拍到只剩最後一部分了，導演忽然承認自己想不到怎麼拍下去，這種話怎麼聽都像在開玩笑。

「我做了這麼多，就是想讓『張書暐』變得真實。如今他不再只是我筆下的一個角色，而是個有血有肉的人，是個不管在鏡頭內、鏡頭外都確實存在的人……」

紀子丞定眼看著，不再隔著螢幕和攝影機，而是直接用他的雙眼，去看著眼前這個存在、卻又不存在的人物。

「我讓你成為了他，你就是張書暐。」

項陽靜靜地聽著，逐漸明白紀子丞為什麼要這麼說。

「張書暐」這個角色或許是紀子丞創造的，但卻不完全屬於他。這是他和項陽一同塑造出來的人物，甚至對花了這麼多時間在扮演的項陽而言，「張書暐」已經是他的一部分。

這部電影要能真正地「完成」，絕不可能只靠紀子丞一個人就做到。

驀地，項陽開口問道：「陳老師，她生了什麼病？」

「精神分裂症……現在改稱思覺失調症候群了。總之，這是一種只能靠吃藥把症狀、復發的頻率壓到最低的病，它……不可能根治。」紀子丞的語氣聽起來很輕柔，同時也透著一絲疲倦。

「幻聽、幻視、偏執、被害妄想……這些東西會跟著病人一輩子，有人可以在治療下過著跟一般人一樣正常的生活，但像陳老師……像我媽，她發作起來的程度太嚴重了，如果不像現在這樣接受全天候的照顧，傷人或自殘都是遲早的事。還有，這個病，是會遺傳的。」

項陽對這個疾病並不瞭解，所以聽到紀子丞這麼說時，只覺得詫異極了。

紀子丞自嘲般地笑了笑，隨後續道：「你問過我，怎麼會有靈感寫出這樣的故事？這個，就是我的靈感來源。普通人得到這個病的機率是百分之一，但我，是十分之一。而且精神分裂症發病的時間很早，像我媽就是二十八歲的時候第一次發作的……我已經二十五了。

「這部片，就是在訴說著我的恐懼，對於分不清楚虛與實的恐懼。我每天醒來時都會想著，出現在我眼前的事物，到底是不是真的？我究竟會在什麼時候開始出現幻覺、開始聽到不存在的聲音、開始跟不存在的人說話？我媽曾經是那麼優秀的學者，每次的課堂都有上百人為了搶到一席座位而瘋狂，但現在呢？最近聽她上課的人，是一團空氣。

「對我來說，這就是最可怕的事。當一個人再也無法相信自己的判斷力時，這世上還有什麼能夠讓他依靠——」

紀子丞忽然住口，因為項陽就這麼走上前抱住他，讓他一時忘記了自己還要說什麼。項陽抱著紀子丞幾秒，接著才意識到自己的舉動既突兀又失禮，這便趕緊退開。

「紀導，你一定會健健康康的，不會生病！」項陽的口吻有些激動，還隨即補充道：「你不該想著自己有十分之一的機率會生病，而是該想著有十分之九的機率會沒事啊！十分之九，很高了！」

紀子丞先是一愣，最後才露出無奈的笑。

「如果一杯水倒了，你肯定就是那個會說『太好了，還有半杯！』的傢伙吧？」

「那當然！不要去在意灑了多少水啊，珍惜還剩下的才重要。」

項陽見紀子丞不再露出鬱鬱寡歡的神情，心裡總算舒坦多了，隨後才忍不住調侃道：「這樣說起來，紀導你還真是個惡劣的人。」

「怎麼說？」

「你自己害怕就算了，現在可是要把你的恐懼分享給影迷們啊！你知道你有多少粉絲，看到你的名字就急著衝進電影院裡嗎？實在太壞了！」

聞言，紀子丞難得哈哈大笑起來。

「別急著罵我，你現在可是我的頭號共犯。」

¤

最後一幕的人員名單裡，就只有項陽、李芩湘和一個跑龍套的醫生角色，一共三人而已，其他演員都算殺青了。

不過，正因為大家都不知道電影的結局為何，所以這場戲特別熱鬧，一堆應該已經放假的人都來「探班」，默默蹲在角落等著看結尾到底是什麼劇情。

但項陽可苦惱極了，因為紀子丞居然真的沒給他劇本，就讓他臨場發揮，說等他進了布景就會知道自己要做什麼。他還跑去問李芩湘有沒有收到其他指示，結果女孩說導演吩咐她配合項陽就好，一樣沒給人家劇本。

「即興？是想逼死誰……」項陽趁紀子丞還在跟攝影師討論鏡頭怎麼帶的時候，一個人抱著腦袋在角落黯然神傷，不知情的人還以為他是因為電影終於要殺青了，覺得太感動才會一臉想哭的樣子。

這時，下了山就沒再出現的白妍昕自己上前與項陽搭話。她的表情和之前不一樣，不再掛著那故作可愛的笑，看起來有些蒼白，似乎是很緊張的樣子。

「項陽，那個……」白妍昕起了個頭，卻遲遲沒接續下去。項陽沒有催促她，就是耐心地等她自己往下說。

半晌後，白妍昕終於鼓起勇氣道：「我想，我欠你一個道歉。對不起。」

項陽聞言沒什麼特別的表現，就只是笑笑地道：「別這麼說，妳沒欠我什麼。過去的事就過去了，沒事。」

聽到這樣的回應，白妍昕瞬間覺得自己像是被甩了一巴掌，但不是羞辱的那種，而像是打醒了她。

她先前真的想了很多，覺得項陽可能會有哪些反應，不願接受她的道歉也很合理，但她真的沒料到場面會這麼雲淡風輕；這讓她頓時覺得自己真是幼稚極了，心裡總放著這些根本無所謂又沒意義的事。

「謝謝。」最後，白妍昕也只能回給項陽這兩個字，因為她知道多說無益。

隨後，謝璟、吳勝一也出現了，幾個人聊了會兒，氣氛就變得輕鬆許多。

項陽知道他們是來給自己打氣的。在努力了這麼長一段時間後，只差這麼一步便大功告成，但正因為如此，他才更要維持平常心，不需要過度緊張。

「拍完這部電影後，你應該就會回去當你的唱跳歌手了吧？」謝璟忽然這麼問道，這讓項陽都忍不住有點感動，因為居然還有人記得他的本行是什麼來著。

「哈哈，難說啦，晨姊還沒跟我講之後有什麼計畫，不過……我好像還蠻喜歡演戲的，要是有機會往這個路線發展好像也不錯呢。」

「安啦，不管要走戲劇圈還音樂圈，都來找我，哥很carry的！」吳勝一搭著項陽的肩說道，一臉的自傲。「嘿，之後我出專輯的時候，說不定可以找你來合作哦！」

「哇……聽起來真棒呢……」項陽這稱讚說得心虛至極，因為他到現在還是很難把吳勝一跟偶像歌手的身分做聯想。

「嗄？可是項陽葛格會講台語嗎？」一旁的小蘿莉舉手發問。

「台語？要講台語幹嘛……喂！我說過我要出台語專輯了嘛！Kenny Wu是走華語歌壇的花美男偶像歌手！我又不是用『土龍仔』的身分出道的！」肯尼男孩再度爆走。

「別小看台語市場啊，這一塊可是很有人氣的。」眼鏡小哥語重心長地道。

「誰小看了！就跟你說不同掛的你聽不懂哦！」肯尼男孩氣到跳腳。

項陽在一邊笑到不行，隨後忽然想到，今天過後可就沒什麼機會再看到這樣的畫面，頓時有些惆悵。

這麼長時間朝夕相處下，劇組的人都像家人一樣親密，但儘管大家都在同一個圈子裡，每個人要走的路都不同，再次合作可能是幾年後、也可能是沒有，所以這就像要畢業一樣，代表著要朝下個目標邁進，也同時意味著道別。

一群人笑鬧一陣子後，紀子丞終於下令要來解決最後一場戲。大家都回到各自的位置上，滿心期待地看著男主角會替他們帶來怎樣的結局。

項陽滿腹忐忑地走進搭景裡。那是個病房，病床的正前方則是一面大窗子，唯一的門被設定成從外上鎖，在病房裡的人想與外面聯繫的方式，只有拿起窗子旁的話筒說話，外面的人才能聽見。

上了鬼妝的李苓湘就坐在床角，不發一語地抱著她的娃娃，項陽見狀便走上前，也跟著坐上了病床。他掃視了四周一圈，這近似牢房的小屋讓他覺得十分冰冷，因為儘管牆上還做了擺飾，放上一些家庭照片試圖營造出溫馨感，但整個空間就是了無生氣。

驀地，他注意到牆上的照片，接著便想通了一切，隨後露出微笑。

紀子丞你這天殺的大騙子。項陽在心中大罵，忍不住就看了一眼在攝影機旁的導演，而對方居然也勾起了狡猾的笑。

紀子丞才不可能不曉得要怎麼處理最後一幕，他早就想好了，他只是需要項陽自己醒悟，才能體會出那股荒唐又令人戰慄的感受。

這部電影由裡到外都是一場戲，而真正從第一秒就開始演戲的人，是紀子丞。

於是，項陽走下床，先是輕摸了李苓湘的頭，接著緩緩走到窗邊，拿起話筒，對著穿著白袍的演員說出他最後一句台詞。

「醫生——」

一個人的捉迷藏：Epilogue

我再度回到了這間住了兩年的精神病院。不過，這一回我的房間「升級」了不少，成了一個完全密閉的空間，連以前的那扇小窗子也沒了，看來我是再也看不到外面的景緻。

我身上又換回最初那套醜陋的病人服，不合身，也不舒適。說真的，如果想讓我的心理狀態好一點，實在不好讓我穿得一身白吧？這樣子讓人多抑鬱啊。

正對著我的病床的，是一大片方形玻璃，可以看見玻璃的另一頭就是辦公室，醫生、或戒護的警衛就坐在那一端監視著我的一舉一動。我毫無隱私可言。不過，這房間裡本來就有兩支監視器，我的行為早就被全部記錄下來。

不怪他們，之前的房間就是太「舒服」了，才讓我找到機會逃脫。

他們把我之前的房間布置又搬了過來，在牆上貼了我在診療時的畫。我一點也不喜歡那麼多顏色雜在一起的感覺，不如黑與白來得簡單，但我如果照著自己的喜好去畫，醫生總會露出不滿意的表情。為了取悅他，我只好畫出這一幅又一幅看起來似乎很快樂的圖，讓他相信療程有了進展。

還有，他們也貼上了我跟家人的合照，似乎覺得這樣就能替房間營造出一絲溫馨。我只能說，他們做得爛透了。好像我還會在乎這種事一樣。

我父母這兩年來只見過我兩次。我不怪罪他們，真的。反倒是與他們見面時，我總會擺出脆弱、充滿悔意的一面，讓他們相信我依舊是那個他們一手帶大的善良孩子。看著他們面露懊悔和自責的樣子，其實挺有趣的，他們貌似一直認為我會變成這樣，是他們的錯，是他們沒有把我照顧好。

他們不知道，我早就病得不輕。

要問我當初為什麼會殺了高業樺和林筱彤，我其實也說不出個所以然來，只記得壓力來源有很多，於是就崩潰了；高三本來就不是個輕鬆的年級。

我想，我應該只是害怕總有一天要跟他們分離，所以只好先殺了他們，這樣他們就能永遠和我在一起了。

這應該是很合理的反應吧？

我坐在病床上想著這些事，隨後才發現小歡就坐在床角，正一個人安靜地玩著她的布偶。在感受到我的視線時，小歡抬頭看了我一眼，露出甜甜的笑。

我想我已經習慣她的存在了，如果她也消失，我大概會很寂寞。

但這是必然要發生的事。回到這個地方，就表示我又要開始吃那些藥。我恨它們，不只是因為我是被迫吃下，更因為那些藥讓我的精神混沌、思緒不濟，幾乎無法集中注意力思考，甚至還會記憶錯亂，對自己做過什麼事一點印象也沒有。

說實話，王皓通那幾個人發生的事，我也挺遺憾的，我不是故意要殺了他們；他們運氣真不好。要怪，只能怪這個鬼地方把我逼得太緊了，還有那些可惡的藥，把我的腦子搞得一片混亂，我在求生本能的驅使下，就只有逃離這一種選項而已，至於隨後發生的連帶傷害，總不能要我負全責。

畢竟，我就是個腦子壞了的神經病啊。

想到此處，我忍不住笑了。這趟路收穫真不少，至少讓我徹底發洩了一下，還找回了記憶。

還有，讓我完成了我曾做過的承諾。

其實打從小歡的幻影第一次出現時，我就應該明白，就算我刻意想抹除某些創傷般的記憶，它們依舊留存在我的腦子裡，不可能消失。我的潛意識終究會誘勸我將它們回想起，讓那些記憶又歷歷在目。

我不知道該不該這麼說，但「真相」讓我感到愉悅不已，因為我終於能確定一個事實——

果然，我本來就是個瘋子，只是不小心忘記罷了。

果然，我本來就是個殺人魔，只是不小心忘記罷了。

我跳下床，在走過小歡身旁時摸摸她的頭。我一直覺得人腦是個太過神奇的器官，為什麼能讓我對一個根本不存在的幻覺有如此真實的感受？我能感覺到女孩的髮絲掠過我指尖，甚至還能聞到她身上散發的腐臭。

幻影如果這麼真實，還能算是幻影嗎？

我真的會想念小歡的，也會想念這一切，讓我同時感到清醒卻又迷糊的世界。人生有太多事值得記住了，尤其是那些遙遠的過往，例如童年裡最喜歡的遊戲，在記憶裡總是特別美好。

我走到玻璃窗前，醫生察覺了我的舉動，這就露出詢問的眼神，拿起桌子上的話筒。如今我與外界唯一的通聯，就只能靠這支電話來傳達。

我拿起掛在玻璃窗邊的話筒，然後輕輕開口——

「醫生，要玩捉迷藏嗎？我知道有個地方很棒，躲在那裡，鬼就抓不到你了哦……」

《一個人的捉迷藏——全劇終》

尾聲

當「全劇終」的字樣在螢幕上浮出時，小小的首映廳裡爆出熱烈的掌聲，燈光也隨即亮起。觀眾們都起身鼓掌，而坐在前頭的劇組人員們則是興奮地歡呼、擁抱，一同為這部電影大力喝采。

這場首映會出席的不乏高層人士，還有許多圈內的知名前輩，大家都一致給予紀子丞這部新片很高的讚譽，因為他們確實感受到了「鬼才」的可怕之處，能把自己從未嘗試過的題材拍得如此精湛。

而且，這部片就跟紀子丞以往的作品一樣，不需要大量的特效、磅礡場面、聲光效果，只用了可以說是最單純的影片剪接而已，就能給觀眾帶來極大的震撼。

流暢的運鏡、毫無冷場的劇情、演員最直接的情緒表達，有了這些，紀子丞就能帶給所有人一部精彩絕倫的大戲。

這之中讓人最為驚豔的，正是飾演男主角的項陽。靠著運鏡和項陽的演繹，所有觀眾都被他這個「不可靠的敘事者」給欺騙了，直到最後一刻才被真相重擊。

觀眾甚至覺得，自己好像跟著張書暐這個角色，一起從最初的混亂、到中途起疑、後來崩潰、最後又回到清醒，跟著他一同做了一次複雜的心境轉換，看完電影的當下都忍不住虛脫，還覺得有太多細節需要回味。

這實在讓人太難抉擇，是紀子丞選角選得太好，還是項陽的演技太棒了。

首映會結束後，一群人轉移至旁邊的宴會廳繼續慶祝。受邀來參加的陸堯，遠遠就看見友人和小師弟在角落的桌次舉杯，這就連忙趕在有人纏上自己前加入他們。

不過，當他一坐下時，卻是忍不住好笑地問：「小師弟，你臉色也太糟了吧？這可不是『最佳新人獎』呼聲最高的人該有的表情！」

項陽此刻正忙著把手裡那一大杯香檳灌下肚，沒搭理陸堯，而是一旁的紀子丞調侃似地應道：「有人的演技太好了，好到把自己嚇到了。」

若不是放影片的時候房裡一片漆黑，眾人肯定能看到有個男主角，從頭到尾死抱著隔壁座大導演的手，還會在鬼影出現的時候發出可憐兮兮的嗚咽聲，簡直像個被朋友逼著看恐怖片的倒楣蛋。

「我會做惡夢！絕對會！」小鮮肉發出哭嚎。

「你可以多看幾次，這樣就不會怕了。」大導演誠心建議。

陸堯在旁聞言差點沒形象地大爆笑。但這怪不了項陽，因為他膽子本來就小，大家都在稱讚他最後一幕那個癲狂的眼神可嚇死人了，坐在觀眾席裡都能感覺，自己好像真的被一個殺人魔給盯上。

「紀導你是魔鬼！為什麼可以把我拍得這麼可怕！我肯定被你下蠱了啊啊啊！」

「噓，小聲點，那是我的商業機密。」

一個人忙著崩潰，一個人樂著調戲，這樣的畫面連大影帝都覺得不忍直視。

這時，忙碌了好一陣子的蔡晨梓也來了，看起來滿面春風，一坐進位子就是大口把一整杯香檳喝乾，然後催促著一桌子的大明星們給她斟酒。

「項陽啊，晨姊真是愛死你了！剛剛好多人跑來要跟你談合作呢！我接名片接到手軟啊！」

項陽聽到這個好消息，這才露出笑容，開心地追問道：「太好了！都是怎樣的合作？」

「滿多是演戲的哦！你這次演得真的很棒呢，大家都想找你去當男主角呀！」蔡晨梓歡呼道，拿出那些名片瀏覽了起來。

「我看看都是那些傢伙想點你啊……唉唷！」

「怎麼了？」項陽不知道經紀人那聲驚呼是好是壞，正想追問，旁邊的陸堯已經很自然地拿過那些名片瀏覽，隨後大笑出聲。

「這些導演跟製作人，都是拍鬼片的大咖啊！」陸堯笑到不行，紀子丞也在憋笑，蔡晨梓則是一臉無奈，只有項陽一個人哭得梨花帶雨。

「晨姊，我可以不要接這些工作嗎？雖然我是個小小新人，好像沒立場選擇……但是拜託妳！我真的沒辦法再拍任何恐怖片了啊！」

蔡晨梓把大笑吞下去，一臉嚴肅地道：「不接也是可以啦，前提就是先把你的檔期排滿了，這樣就沒辦法接戲了。只不過，要拿什麼排滿才好呢？」

雖然蔡晨梓說得很簡單，但項陽一聽這方法就知道根本很難達到，除非公司有給他其他的計畫，例如錄製專輯之類的，不然他一個新人的檔期真的要「排到滿」是很困難的。

見項陽那副看破生死的神情，陸堯好心地道：「有個方法很簡單的，那就是再接一部我們紀大導演的戲，這樣就有理由推辭其他人啦！」

聽到大師兄給的超棒提議，項陽這就立刻轉頭看著紀子丞，雙眼放光。

「紀導，你答應過要替我寫一部新戲！」

「嗯，我好像這麼答應過。」紀子丞說得很雲淡風輕，接著有些故意地問道：「那時候是說要拍什麼題材來著？」

「跳舞相關的！」項陽興奮地喊道。

「看是要像《舞力全開》那種，或是……或是《歌舞青春》的也行！還是紀導有想到別種風格的，我都願意挑戰！」

「哦？其他風格也可以嗎？那麼……」紀子丞低吟一聲，眼神驀地染上一抹狡黠。

項陽心裡當場警鐘大響。

「像《黑天鵝》的那種，如何？」

「……紀導！你饒了我吧！」

紀子丞難得暢快地笑了，但隨後就斂起笑容，一臉誠摯地看著項陽。

「謝謝你，替我完成了一個夢想。」

對紀子丞來說，這部作品有太多的不可能，都是因為遇上了項陽才能一一跨越。眾人只會想這部片捧紅了項陽，讓他一夕成名，他真是幸運極了；但事實上，紀子丞一直認定，自己才是最幸運的那個人。

項陽沒料到紀子丞會突然這麼真情流露，霎時有些不好意思，最後漾起笑容問道：

「那……紀導完成了這個夢想，下一個目標又是什麼呢？」

紀子丞和項陽四目相接了幾秒，隨後勾起笑。

「那就，再拍一部片吧。」

全文完

番外一：Before the movie

張敏茵和顧萬璿這對情侶在門前緊張地等著，心裡不住擔憂，等等出現在面前的，會不會是個槁木死灰的人形物體？

結果出乎意料地，走上樓的人看起來就跟平時沒兩樣，依然是一台行走電暖器，渾身散發著溫暖人心的正向光芒。

不對，似乎還比以往更有活力了？

「你們太可惡了，知道我不能吃，還讓我給你們買鹹酥雞！」項陽進門時罵了聲，但語氣是無奈多於生氣。

「唉唷，偶爾吃一下不會怎麼樣吧？有需要這麼顧及身材嗎？」張敏茵接過那袋熱呼呼的食物，這就把人趕緊拉進客廳坐好。

「太油了，會長痘子的。」項陽的語調很哀怨。

但一旁的顧萬璿一點也不可憐他，還嫌惡地道：「男人還這麼重『臉皮』？你真是娘到我無法忍受的境界了。」

「難道你以為電視上的藝人每個都天生麗質嗎！保養很重要，超重要！」要是在以前，項陽也會對自己這番行為下個「娘砲」的評語。但在經紀公司待久了，他已經深刻瞭解到，外貌在這行是極重要的個人財產之一，完全輕忽不得。

「那還真是辛苦你了呢。」顧萬璿拍拍項陽的肩，然後當著他的面豪邁地嗑起大雞排。

「你們兩個到底找我來幹嘛的？外送鹹酥雞？怎麼不乾脆叫麥當勞歡樂送算了！」項陽推開顧萬璿，看起來像是真的發火了，但他的兩位摯友一點也沒被騙到，這又笑瞇瞇地勾搭過來。

「我們就是擔心你嘛，想看看你過得如何啊！」張敏茵一臉的誠懇。

幾個月前，項陽待了近五年的經紀公司因為經營不善而倒閉，害得原本已經準備好要出道的他，瞬間失去了人生方向。

雖然他之後被轉手簽給J. C.娛樂集團，看似前程似錦，但他出道的事依舊沒個譜，只能繼續當個練習生，等待成名的機會再次降臨。

張敏茵和顧萬璿，這兩個高中時代和項陽感情最鐵的朋友，很擔心友人會因為這接連的打擊而一蹶不振，可是又不敢主動去找對方，心想要給項陽一點空間，就忍著沒逼問他到底打算怎麼辦。

但這一忍也把個月了，他們實在無法繼續漠視這不明的現況，只好把人約出來見面。

不過，項陽看起來一點也不像個受創的失敗者，依舊是那麼朝氣勃勃，讓他這兩位好友都忍不住要往壞的方向聯想。

一個人樂觀到這種境界，已經算是「有病」了吧？

「嗯，還行啦。在J. C.比以前更忙了，要上的課很多，還有一堆作業跟驗收，滿充實的。」項陽的口氣聽起來好像有點無所謂。

「呃……那他們都沒派工作給你？就一直讓你當練習生？」顧萬璿努力忍著，沒讓語氣顯得太尖刻。

想到好友從十七歲就進經紀公司當練習生，如今都二十一了，再這麼等下去，是幾歲才能正式出道當藝人？顧萬璿都想大喊：這簡直是在浪費人生啊！

「喔，對！這件事我還沒跟其他人說呢！」項陽開心地喊道，趕緊向兩位好友報喜訊，「公司給我排了個試鏡，就在後天！是個偶像劇的演員試鏡，我要試的角色……就介紹上寫的，感覺應該算是男三吧。」

項陽前面那麼一說，張敏茵和顧萬璿本來高興得不得了，結果後面聽到那段補充，準備要出口的恭賀詞都卡住了，臉上的笑容瞬間歪掉。

「不是吧？J.C.在搞什麼？他們難道不知道你的專長是跳舞和唱歌，不是演戲嗎？」顧萬璿已經忍不住在撩袖子了，一旁的女友也是氣得想拿東西砸人的樣子。

但項陽卻是笑笑地道：「雖然不是我擅長的領域，但凡事總有個起頭嘛。而且J.C.的偶像劇收視率都很好的！等我曝光度高了，工作自然就會來啦！」

聽項陽這麼說，張敏茵和顧萬璿同時嘆了一口氣。他們以前常笑說項陽的特異功能，就是再糟糕的事情他都能看到好的一面，簡直像個從書裡走出來的童話人物。

但隨著年紀增長，生活裡的事物不再像學生時代那樣單純無害，這樣的性格一點好處也沒有，只會替自己招來傷害而已。

他們很想叫項陽不要這麼鄉愿，可是又覺得這麼鄉愿的他好可愛；這個世界已經夠烏煙瘴氣了，少了他肯定會更可悲。

項陽見兩個友人露出惆悵的神情，似乎有些會錯意，這就緊張地補充道：「我不是想要把唱歌和跳舞都放掉，只是覺得先別把目標設定得太高，一步一步慢慢往前走就好……我都還沒讓大家聽到你們給我寫的歌呢！在完成這件事之前，我是絕不可能放棄的！」

聽到這番話，小情侶霎時詫異極了。

當年在學校時，張敏茵和顧萬璿是玩樂團的，團員有不少人，項陽也是其中之一，擔任吉他手，整個團體在那時的各大校園裡還算小有名氣。

這之中又以項陽最引人注目，因為他同時還是熱舞社的主舞。像他這麼多才多藝的帥哥，可是學校的金字招牌，那幾年的招生狀況都因他而好得不得了。

但畢業後大家就各奔西東了，張敏茵和顧萬璿也放下了玩樂團的夢，選擇認真升學。他們那群人之中，就只有項陽真的走上演藝這條路，決心貫徹自己對表演的夢。

過了這麼多年，項陽竟是沒有遺忘了當初一群青少年所做的承諾，張敏茵和顧萬璿當場都有了落淚的衝動。那彷彿是在說，自己的夢想還存在著，依然有被完成的一日。

他們忽然覺得很糾結，因為項陽這樣性格的人，怎麼可能適合演藝圈？可是他身上具備的，就是成為明星的一切要素，不把他放在舞台上發光發熱，怎樣都說不過去。

於是，顧萬璿放下手上的大雞排，一臉凝重地搭住項陽的肩膀。

「兄弟，答應我一件事。」

「嗯？」

「等你紅了，變大明星了，絕對不可以酗酒、吸毒、嫖妓跟自殺哦！」顧萬璿講到後面已經變成在嘶吼了。

「還有！也不可以為了討工作，跟人家『陪睡』哦！賣身是不行的！要當個只可遠觀、不可褻玩的純潔小鮮肉！知道嗎！」連張敏茵也一起嚴厲告誡道。

「我說你們，到底把演藝圈當成什麼地方了啦！」項陽被這兩個人的話弄得汗顏，但他隨後卻語出驚人地道：「不過，這些事……不用進演藝圈當大明星，也能做啊，不是嗎？」

「天啊！你在說什麼鬼話！」

「這是我聽你說過最糟糕的話了，掌嘴十下！」

項陽好不容易在朋友們的攻擊下逃出生天，躲在一旁哀號：「知道啦！我知道了啦！我保證不會走歪路！不管是不是個大明星，都不會走歪路！」

小情侶聽到項陽這麼說，這才安心了。

「不過，仔細想想，演戲這條路也不錯啊。說不定，以後就能有機會演大名鼎鼎的紀子丞的戲！」顧萬璿這時才想到，項陽現在的新東家裡可是臥虎藏龍。

「對喔，都忘了紀導演也是J. C.的藝人！怎樣？你見過他嗎？能不能幫我要簽名？」一旁聽說是死忠粉絲的張敏茵興奮了。

「拜託，紀導演的戲只有影帝等級的才能hold住啦！我怎麼可能有機會演？」項陽大笑朋友的天真，接著才答道：「我沒見過他。像他那樣的前輩不會常常出現在訓練中心的，而且就算來了，也不會到我們舞蹈班啊。」

「你很廢欸！超級廢！」張敏茵忍不住罵道，急得快哭了。「上次讓你幫我要薛老師的簽名，也沒要到，還說根本不知道人家長怎樣……該不會也是你認不出紀導演，所以才以為沒看過吧！」

「呃，也是滿有可能的……」項陽心虛地應道，因為他是當真不清楚紀子丞的樣貌。雖說他也是對方的粉絲，但對作品的關注度比較大，導演本人生得如何，倒是一點概念也沒有。

三個人又聊了好一陣子，堅持著要回宿舍、不在外頭過夜的項陽，才被小情侶心不甘情不願地放走。這時張敏茵和顧萬璿才感到有些恍然，因為今晚本來是打算要替項陽打氣的，結果到頭來卻有種立場調換的感覺，似乎自己才是被對方給鼓舞的人。

項陽怎麼這麼有辦法治癒周遭的人？如果這樣的人成為眾所矚目的焦點，肯定能為這個世界帶來改變的吧？

看著那個逐漸走遠的身影，小情侶對視了一眼，同時在心中堅定了那個想法。

接著，兩人站在窗邊爆出大喊，把已經走到巷子口的那個人嚇得一跳。

「項陽！你一定會成為最耀眼的明星！我們會一輩子支持你！」

¤

「那是紀導演嗎？」

「好像是欸……」

「真的假的！那他該不會是來……」

紀子丞才剛走進表演課的教室，所有學員都騷動了起來，甚至連正在舞台上試戲的人也停下動作，目瞪口呆地看著他們心目中的大偶像走進教室。

但紀子丞一點也不領情，反而在坐下後露出了十分不耐的神情，冷冷掃視了教室裡的學員一圈，最後把視線落在舞台上的人身上。

「有人叫你們停下來了嗎？」

紀子丞這麼一句訓斥讓眾人都打了個寒顫，慌了手腳的幾個學員也趕緊收斂心神，又開始演繹方才中斷的戲碼。

這門課是表演藝術的「實作課程」，在場的學員都要依照每一回老師開出的條件做表演，訓練他們的演技。紀子丞偶爾也會來當講師，不過次數少得可憐，幾乎都是到期末大驗收時，才可能盼到他出現個幾分鐘。

此時看到紀子丞毫無預警地出現，眾學員都忍不住心思蕩漾，猜想他很可能是來選角的——公司裡早就傳得沸沸揚揚，紀子丞不久後又要開拍新電影了，而且主角還未定。

有了這樣的想法，在場的學員們都比平時還要來勁，每個人一上了舞台都演得比以往還要賣力百倍不止，就差沒把「選我！選我！」的牌子掛在身上。

然而，紀子丞從頭到尾都沒有任何表示，就只是偶爾轉頭低聲和助理說上幾句話，神情也毫無變化，讓人看不出一點端倪。

結果，紀子丞就這麼待到課堂結束，然後揮揮衣袖，連一句評論也沒留下就走人了，讓所有人都被他的舉動弄得一頭霧水。

「我說的那幾個，都記下了？」紀子丞在走出教室時對助理問道，後者趕緊點頭應是。

紀子丞今天確實是來選角的沒錯，但他的目標是新人，而非已經有底子的學員。他剛剛根本沒把注意力放在舞台上，而是仔細觀察著在台下看前輩表演的新生。

只不過，這趟下來的結果他並不滿意。在場的十幾個新進練習生，在他眼裡看來都不怎麼樣，幾乎都透著太強烈的「攻擊性」。要在演藝圈這個人吃人的叢林裡生存，企圖與野心是必需品，但這恰恰與他這次需要的素質相衝。

反覆看著勉強挑出來的三個新人，紀子丞不耐的神情全寫在臉上，弄得跟在後頭的小助理都忍不住慢下腳步，不敢跟正在醞釀火氣的大導演走太近。

當初把劇本交給黎靖辰這個大老闆過目時，紀子丞就被問過，為什麼不找陸堯繼續當他的男主角。

老闆的出發點純粹是以利為重，所以只是認為這樣的黃金組合可以帶來最大效益，沒道理拆夥。但紀子丞十分堅持，認為作品的藝術價值一定要擺在首位，不能為了收益而讓步。好在黎靖辰沒真的在這件事情上對紀子丞施壓，還有個蔡晨梓居中斡旋，這部電影才總算過了老闆那一關，可以進入籌資的狀態。

把贊助的事全扔給公司處理，紀子丞這陣子都在物色演員，配角的部分沒什麼困難的，問題就卡在這個男主角身上，怎麼挑就是沒一個順眼的。

但開拍日迫在眉睫，紀子丞也知道自己再這麼猶豫不決下去不是辦法。

想著這些令人煩悶的事，紀子丞和助理就這麼走過了另一間舞台教室。半開的門後傳來悅耳的音樂聲，讓兩人下意識地佇足，朝門縫望了進去。

這回看來又是某個成果發表的課程，對象是舞蹈班的練習生，舞台上正好有兩個人正在跳舞，但他們的舞步卻完全不同，看來是要他們即興表演的意思。

其中一個人立刻吸引住紀子丞的目光，讓他不由分說地推門進入。

整個房間裡的人都聚焦在舞台上的身影，所以也沒人發現多了一個觀眾。只有站在最後面的指導老師，被紀子丞唐突的加入嚇了一跳，正想和堂堂大導演請安，對方卻是不耐煩地比了個噤聲的手勢，視線還完全沒從舞台上移開。

正在跳舞的是一名少年和一名青年，正在播放的音樂是主旋律柔和、但背景有著強烈重拍的英文抒情歌。兩個人的舞風完全不同，看起來不到十五歲的少年極盡所能地展現他的技巧，各種高難度動作輪番上場，看得人目不暇給。

讓紀子丞眼睛一亮的卻是另一名青年。

青年的舞步並不複雜，但肢體的律動十分自然好看，而且隨著背景音樂裡忽快忽慢的鼓聲變換，可以從極快的速度又瞬間靜止，想來是對身體的肌肉有非常強的掌控度。或許他整套動作下來，不如身旁那個少年令人驚嘆，但就是對舞蹈研究不深的紀子丞也知道，青年的功力可比對方高出太多了。

重點是，他的表情很吸引人。那是種充滿自信，卻不傲慢的神情。青年會偶爾勾起愉悅的微笑，整個人似乎獨自沉醉在音樂與舞蹈之中；他的舞步不是為了獲得掌聲而跳，就只是音樂一放下，身體便配合著律動起來，如此單純罷了。

而且紀子丞也看出來，青年還有些動作是配合著歌詞的，比起旁邊那個不知道在忙碌什麼的孩子，他的舞步更有深度。

等音樂停下後，台上的兩個人微微一鞠躬，後面立刻有人上來替補他們。青年不像其他人那樣群聚在一起，而是拿著水壺在角落灌了幾口，然後蹲在舞台邊靜靜地看著下一批人的表演，似乎有些格格不入。

指導老師注意到紀子丞的眼神一直擺在青年身上，這就識相地替他介紹道：「他叫項陽，是從幾個月前併購的小公司裡挑出來的，資質很不錯，能歌能舞，就被安排到我這邊當練習生了。」

「所以，他還沒出道？」

「還沒。本來是差不多可以推出來了，但舊東家倒閉，所以就……」指導老師一副惋惜的口氣，可想而知這個項陽的運氣真的不太好；那個聽起來很陽光正向的名字，似乎沒助他前程似錦。

「不過，既然有底子了，那應該很快就能上線了吧？」一旁的小助理忍不住出聲問道，不只紀子丞，連他也對項陽方才那番舞蹈有些著迷。不管以專業或業餘的眼光來看，項陽已經擁有一個明星所需要的「魅力」了。

「這……還不好說。」但指導老師卻是面有難色地這麼答道。

「咦？有什麼問題嗎？」

「年紀。」紀子丞淡淡地應道，一旁的指導老師也不住點頭應是。

「項陽已經二十一了。」

「啊，這樣啊……」這下就連比較遲鈍的小助理也能明白過來。

二十一，這樣的歲數放在哪個標準下都是非常年輕的，但在演藝圈——尤其是近來流行的唱跳團體裡——卻不是這麼回事。在這個團體出道年紀一個賽一個年輕的時代，掛上二字頭的歲數都已經能算得上「前輩」等級了。

因為，別看舞蹈班裡幾乎都是十來歲的少年，他們可是從小就進行著高壓訓練，舞齡攤出來都是嚇人地長，還未成年就有能力上台做專業表演，那是一點也不稀奇的事。

況且項陽的處境也比較尷尬，他是從別間經紀公司轉手過來的，根本沒和這群練習生一起受訓過，默契度肯定是一大問題。培養藝人是一份長期作業，一個新團體要出道前，早就花好幾年的時間給儲備團員們磨合，最後還要歷經一輪又一輪的淘汰，剩下來的人才有可能被推上舞台。

這初來乍到的項陽得先花時間融入，隨後又要經過淘選，這一來一往，等到真的能出道，說不定都要二十五歲了，而且還可能隨即得面臨兵役問題，時間點著實讓人困窘。

這麼說來，項陽似乎只剩下以個人身分出道的路線可以走。但J.C.這樣的大公司要推出個人歌手，人選肯定早就安排好了，除非項陽有什麼過人之處，不然讓他插隊先登場的機率也不高。

紀子丞仔細端詳著項陽，終於明白為什麼對方會讓自己感到驚艷，正是因為他身上帶著一種特質，和自己這幾日來看遍的練習生很不一樣。

項陽雖然還沒出道，但他的態度絲毫不像身旁的練習生們，躁進又野心勃勃。或許是因為經歷了這種公司倒閉的劇變，所以讓他少了其他新人那股初生之犢不畏虎的氣焰，顯得特別沉穩而堅定。

儘管項陽的外貌看起來就是個青澀的大男孩，從頭到腳透著單純的氣息，但紀子丞的直覺告訴他，在這外表下，絕對是顆能夠大綻光芒的寶石。

紀子丞知道項陽已經準備好面對任何挑戰，就差一個跨出步伐的契機而已。

「我要他。」

「……咦？」

小助理完全跟不上狀況，但紀子丞已經轉身走出舞蹈教室，讓他只能趕緊跟指導老師要了項陽的資料，隨後慌慌張張地追出去。

幾日後，小助理抱著一疊資料，出現在J. C.宿舍的某扇房門前。前來應門的青年愣愣地看著笑容燦爛的小助理，還不知道自己即將踏上一趟充滿「驚喜」的旅途。

「項陽先生，你好。公司派我來通知你參加演員試鏡，這是試鏡的資料和劇本，請簽收。祝你試鏡順利。」

番外二：After the movie

項陽提著兩碗麵走到門前時，發現從門上的霧面窗看進去是一片黑暗。他愣了幾秒，隨後才拿出手機，照著經紀人給他的簡訊輸入密碼。電子鎖的門發出「嗶」的解鎖聲，緩緩打開。

這時間在睡覺？項陽詫異地想。

果然，他一進門就看見整個套房裡，只有書桌的小燈還亮著，打開的筆電螢幕上跑著待機畫面；轉頭再看房間另一頭的床鋪，一個人影就躺在上頭，睡得正酣。

項陽本來還覺得蔡晨梓那耳提面命的態度太誇張了，照現在這樣的情勢來看，紀子丞的生活作息還真的讓人完全沒辦法省心。

把熱騰騰的晚餐放下後，項陽躡手躡腳地走到床邊，就看見紀子丞趴在被子「上」，居然累得連被窩都沒鑽進去就睡死了。這副模樣肯定是為了寫稿熬到撐不住，才勉為其難地上床睡一下。

項陽見狀還真是哭笑不得，考慮了一會兒後還是決定把人叫醒。

但項陽的手才剛伸過去，人都還沒碰到，紀子丞就已經彈起來，一把抓住他，直接把他往床上一摔。

「誰准你進我房間的？」紀子丞的語氣冷酷得讓人寒毛直豎，就算房間一片昏暗，也能感受到從他雙眸竄出的濃烈怒火。

被紀子丞兩手困在身下的項陽，讓那陰沉又兇狠的眼神瞪得都快哭了，支支吾吾地解釋道：「是……是晨姊……嗚！」

項陽話都還沒說完，紀子丞驀地癱了身子，直接壓在他的身上，害他一口氣差點喘不上來。

「紀……紀導？」

約莫五秒後，項陽才聽到紀子丞氣若游絲地應道：「頭……有點暈……」

聞言，項陽爆笑出聲。

「誰叫紀導要玩什麼床上摔角，活該。」

之前拍片和紀子丞同寢的時候，項陽就發現，對方是個低血壓加上超級起床氣的組合物。他三不五時就能看見剛起床的紀子丞對著手機鬧鈴生氣，大概要等五分鐘以上，大導演的理智才會登錄上線，恢復幹練又嚴厲的工作狂模式。

紀子丞發出懊惱的吼聲，卻是不打算起身了，就這樣繼續趴在項陽身上，儼然把對方當成床墊來使用。

項陽怕紀子丞又睡下去，趕緊晃著壓在身上的人道：「紀導，別睡了，都晚上七點了啊！起來吃晚餐！」

「不餓。」紀子丞用極度不爽的口吻回道，呼出的熱氣掠過項陽的頸子，搔得他忍不住打顫。

「不行，你起來！晨姊說，你從昨晚起就關在宿舍裡都沒出門，肯定什麼也沒吃，吩咐我一定要盯著你把晚餐吃完了才能走。」項陽見紀子丞還是賴著不肯動，這又補充道：「是你喜歡吃的海鮮鍋燒麵哦，蝦仁加倍。」

紀子丞先是發出陣陣不爽的低吼，最後才不甘願地起身，搖搖晃晃地走進浴室洗臉醒腦。等他再走出來的時候，已經和方才那個無賴又粗魯的模樣判若兩人，好像剛剛把小師弟壓在床上耍性子的事從沒發生過。

看項陽已經很自動自發地坐在客廳的茶几前吃起飯，紀子丞本來想問為什麼對方會來給自己送晚餐，但轉念一想就明白，如果蔡晨梓隨便找個助理，絕對只有被他直接轟出去的分；除去蔡晨梓和陸堯，現下也只有項陽可以進出他的私領域又不讓他發飆。

紀子丞慢條斯理地拿紙巾把餐具通通擦拭一遍，隨後一邊吃、一邊看起手邊的稿子，麵夾沒兩口就換成筆在紙稿上圈畫，好幾次都差點直接把筆插進湯碗裡。

一旁的項陽終於看不下去，伸手抽走紀子丞那疊紙。

「紀導，吃飯要專心，你這樣會胃痛啦。」項陽苦口婆心地勸道，但自己接著就被紙稿上的東西拉走了注意力。

「這是什麼？新的劇本？」

「……電影原著小說。」紀子丞有點想吐槽項陽那散漫的專注力。

「小說？紀導你還會寫小說？也太萬能了吧……」項陽笑道，結果才看了紙上的幾行字就立刻把東西放下了，臉色煞白。

「這是我拍的那部電影的……」

「嗯。」

「還是第一人稱啊……」

「這樣才有帶入感。」

項陽都快哭了，暗罵自己怎麼沒先看標題。方才隨便一瞥眼，就看到了整段在描述屍體的文字，害他瞬間想起在拍《一個人的捉迷藏》時的種種可怕經歷。

紀子丞見狀忍不住起了玩心，故作遺憾地道：「本來要第一個讓你試讀的，但看你這麼怕的樣子……」

「欸？第一個找我看嗎？」項陽眨眨眼，他要是有尾巴的話，現在肯定是高舉著狂擺的狀態。

但一想到故事內容讓他嚇個半死，那高漲的情緒立刻就萎了。

最後，項陽一臉糾結地道：「還是……想看……我要來紀導的房間看！」

「然後呢？要我朗讀給你聽嗎？」紀子丞真是服了項陽那顆小如豌豆的膽子。

「對了，你的專輯弄得怎麼樣了？那天看你是在排舞？」

「啊，只是迷你專輯啦，才兩首歌而已，已經灌好了。排舞是要拍MV的，這禮拜應該就會拍完了吧。」項陽開心地說道，還興沖沖地拿出手機，指著螢幕道：「這是第一波宣傳照哦！紀導你覺得拍得怎麼樣？」

紀子丞看了一眼手機螢幕上的照片，隨即皺起了眉頭。

那張照片裡的項陽坐在高腳椅上，一手拿著電吉他，看起來氣勢十足。他的整體妝容偏向搖滾風格，上身穿著一件皮外套，但裡面竟然一絲不掛，完美展現了他小鮮肉的體態。

「嗯？拍得不好嗎？」項陽看紀子丞那個表情很是凝重，不免緊張了起來。

不過，他對這套照片很滿意，大家也都稱讚拍得很棒，怎麼就紀子丞一人露出這種不認同的神情呢？

「好……露。」不知道為什麼，紀子丞的口氣聽起來還有點火大。

「這樣還太露嗎？本來造型師還要我直接上空的說，結果被晨姊打槍，說那樣乾脆出寫真集算了！」項陽哈哈大笑，心裡鬆了一口氣。紀子丞又不是他的粉絲，看到照片自然不會覺得養眼，而是因為看他賣弄性感而覺得不舒服了。

「啊，不過，紀導怎麼知道我在排舞啊？晨姊跟你說的？」項陽對於師兄們的行程可是一無所知，所以很詫異紀子丞會知道他的動向。

「因為我去看了。」紀子丞淡淡地應道，卻把項陽震驚得目瞪口呆。

「……為什麼？」

「去找靈感。」

紀子丞這麼一說，項陽立刻想起了他們之前的約定，忍不住喜上眉梢。

「所以……所以……紀導真的要幫我拍新的電影？」

「不然你以為我最近在忙什麼？」

項陽之前在這件事情上已經被調戲太多次，都快要放棄這場「紀大導演替我量身訂做一部電影」的美夢。沒想到紀子丞這回是認真的，還特地跑去看他排舞的樣子尋找靈感，看來這部電影真的是板上釘釘的事了。

「別高興得那麼早，劇本又不是一、兩個月就能寫好的，更別提還有很多事前作業得準備。開拍，還有得等。」紀子丞看項陽興奮得要從椅子上跳起來，趕緊這麼說道，但對方已經樂到渾然忘我了，也不曉得有沒有把他的話聽進去。

項陽歡呼完後，這才想到一件他先前想問、但不知道怎麼開口的事。

「紀導，陳老師還好嗎？」

紀子丞怔了一下，隨後勾起微笑。他其實完全沒有料到項陽會把心思放在這件事情上，心裡頓時感到一股暖意。

看來，讓這個人走進自己的世界，的確是個對的選擇。

「如果願意的話，你可以跟我一起去探望她。」

「當然願意了！」項陽開心地說道，隨後還很認真地做起了計畫。「下次去要唱什麼歌好呢？中文跟英文的都準備一下好了……」

你當自己是去開演唱會的嗎？紀子丞忍不住想翻白眼。

「不過，這件事別讓阿堯知道了。」

「欸？為什麼？」項陽一頭霧水地問道，心想這難道是什麼不可告人的祕密嗎？而且還是連和紀子丞最要好的陸堯都不能知曉？

「因為……」紀子丞猶豫了會兒，最後才認命地道：「因為他一直想跟，但我不讓他去。如果被他知道我帶你去過……」

紀子丞忽然感到一股惡寒。他這好友平時都是一副親切友善的樣子，其實肚子裡的壞水可不少，要是讓他起了報復的念頭，對方絕對是被整得慘不忍睹。

當然，這件事後來還是被陸堯知道了，至於他這腹黑的傢伙祭出什麼招式來對付紀子丞，那是後話了。

「哈哈，居然是這樣！」項陽倒是還不知道陸堯的真面目，這會兒還覺得好笑呢。

「紀導怎麼不肯讓師兄去見陳老師？是因為師兄太有名了，去了很招搖？」

紀子丞沒有馬上回話，而是看著項陽良久，最後才像是答非所問地應道：「我從沒帶人去見過陳老師，你是第一個。」

項陽聽到這話，不曉得為什麼驀地有些害臊，末了笑笑地道：「那這就是我跟紀導的祕密了。」

「是的，而且被知道的話，會死很慘。」紀子丞沉重地說道，但此時聽在項陽耳裡只像一句玩笑話。

兩人就這樣聊著聊著，紀子丞總算在項陽的盯哨下好好把飯吃完。不過某個據說來溫馨送飯的傢伙，吃飽後卻是賴著不走，坐在電視前一副欲言又止的樣子，不曉得在打什麼主意。

紀子丞當然早就看出項陽方才吃飯的時候，眼神頻頻飄向何處，先在心裡對他這副模樣好笑了一會兒，隨後才走到電視櫃前，把那台機器的電源打開。

「想玩？」

「想！紀導是大好人！」

項陽興高采烈地接過遊戲握把，他一進門的時候就注意到那台Xbox One的主機了，整個心思都飄到了遊戲上。不只如此，紀子丞的套房可比他們練習生的房間高級多了，還配備一台五十吋的ＬＥＤ液晶顯示器，可想而知玩起遊戲會是多棒的視覺饗宴。

其實那遊戲機也不是紀子丞的，而是陸堯的。但大影帝為了逼大導演陪他玩，所以硬是把遊戲機安裝在對方房裡，結果搞到後來，反倒是紀子丞玩遊戲的次數比遊戲機的主人還多。

項陽坐在沙發上，等著紀子丞挑選遊戲片，心裡不住叨念著各種遊戲的名字。他可好久沒能玩電玩了，看來以後可以多用「送飯」這樣的藉口跑來玩遊戲。

結果，當螢幕上亮起片名時，項陽都要哭了。

The Evil Within 邪靈入侵

「……紀導！」

「不玩就給我滾回去。」

是夜，J. C.宿舍的單人套房樓層，頻頻傳出某人驚慌失措的慘叫。

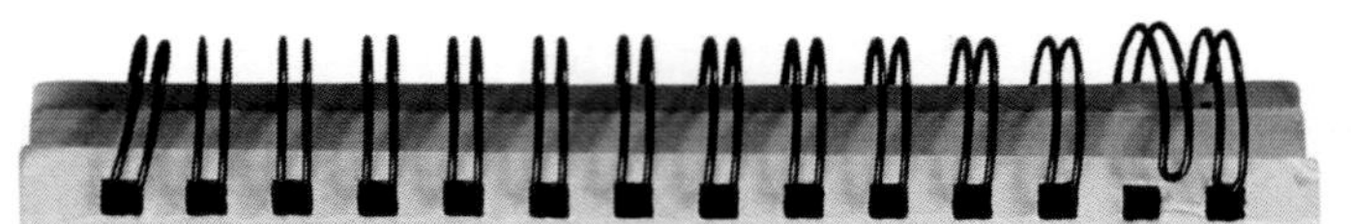

標題出處

1. 生活本來就全靠運氣。

   All life is a game of luck.《Titanic 鐵達尼號，1997》

2. 我打算給他一個無法拒絕的提議。

   I'm gonna make him an offer he can't refuse.《The Godfather 教父，1972》

3. 在這個瘋狂的世界，只有瘋子才最清醒。《亂，1985》

4. 成年人的生活裡沒有「容易」兩個字。

   "Easy" doesn't enter into grown-up life.《The Weather Man 氣象人，2005》

5. 江湖裡臥虎藏龍，人心裡又何嘗不是呢？《臥虎藏龍，2000》

6. 坦白說，親愛的，我一點也不在乎。

   Frankly, my dear, I don't give a damn.《Gone with the Wind 亂世佳人，1939》

7. 出來混，遲早都要還的。《無間道，2002》

8. 最有可塑性的寄生蟲是什麼？是人的想法。

   What's the most resilient parasite? An Idea.《Inception 全面啟動，2010》

醸冒險19　PG1855

一個人的捉迷藏

作　　者　　滅
責任編輯　　林昕平
圖文排版　　周妤靜
封面設計　　葉力安

出版策劃　　釀出版
製作發行　　秀威資訊科技股份有限公司
114 台北市內湖區瑞光路76巷65號1樓
電話：+886-2-2796-3638　傳真：+886-2-2796-1377
服務信箱：service@showwe.com.tw
http://www.showwe.com.tw
郵政劃撥　　19563868　戶名：秀威資訊科技股份有限公司
展售門市　　國家書店【松江門市】
104 台北市中山區松江路209號1樓
電話：+886-2-2518-0207　傳真：+886-2-2518-0778
網路訂購　　秀威網路書店：http://store.showwe.tw
國家網路書店：http://www.govbooks.com.tw
法律顧問　　毛國樑　律師
總 經 銷　　聯合發行股份有限公司
231新北市新店區寶橋路235巷6弄6號4F
電話：+886-2-2917-8022　傳真：+886-2-2915-6275

出版日期　　2017年11月　BOD一版
定　　價　　280元

Printed in Taiwan

國家圖書館出版品預行編目

一個人的捉迷藏 / 滅著. -- 一版. -- 臺北市 :
釀出版, 2017.11
面 ;　公分
BOD版
ISBN 978-986-445-220-0(平裝)

857.7　　　106014916

讀者回函卡

感謝您購買本書，為提升服務品質，請填妥以下資料，將讀者回函卡直接寄回或傳真本公司，收到您的寶貴意見後，我們會收藏記錄及檢討，謝謝！如您需要了解本公司最新出版書目、購書優惠或企劃活動，歡迎您上網查詢或下載相關資料：http:// www.showwe.com.tw

您購買的書名：________________________________

出生日期：________年________月________日

學歷：□高中（含）以下　□大專　□研究所（含）以上

職業：□製造業　□金融業　□資訊業　□軍警　□傳播業　□自由業
　　　□服務業　□公務員　□教職　□學生　□家管　□其它_____

購書地點：□網路書店　□實體書店　□書展　□郵購　□贈閱　□其他

您從何得知本書的消息？

□網路書店　□實體書店　□網路搜尋　□電子報　□書訊　□雜誌
□傳播媒體　□親友推薦　□網站推薦　□部落格　□其他__________

您對本書的評價：（請填代號　1.非常滿意　2.滿意　3.尚可　4.再改進）

封面設計____　版面編排____　內容____　文／譯筆____　價格____

讀完書後您覺得：

□很有收穫　□有收穫　□收穫不多　□沒收穫

對我們的建議：________________________________

____

____

____

請貼
郵票

11466
台北市內湖區瑞光路 76 巷 65 號 1 樓
秀威資訊科技股份有限公司 收
BOD 數位出版事業部

（請沿線對折寄回，謝謝！）

姓　　名：＿＿＿＿＿＿＿＿＿＿　年齡：＿＿＿＿　性別：□女　□男

郵遞區號：□□□□□

地　　址：＿＿＿＿＿＿＿＿＿＿＿＿＿＿＿＿＿＿＿＿＿＿＿＿

聯絡電話：(日) ＿＿＿＿＿＿＿＿＿＿＿＿ (夜) ＿＿＿＿＿＿＿＿＿＿＿＿

E-mail：＿＿＿＿＿＿＿＿＿＿＿＿＿＿＿＿＿＿＿＿＿＿＿＿